平路作品集2

聯合文叢
457

百齡箋

◉平路／著

目次

百齡箋

〔序〕一百年也寫不完的信

平路

愈來愈體察到文字神奇的實用性。

在馬奎茲某一本（哪一本？）小說裡，女主角只要一封一封地寫，寫她一百年也寫不完的信（另一種「百齡箋」？），那一封一封柔情蜜意的信啊，就足以把流落在天涯海角——即使已經遺忘在另一個幽冥世界裡的男主角召喚回來。

而我自己最近在一個小說創作的課程裡說故事，提到自己肩膀習慣性脫臼的毛病，班上一位同學家裡開中藥鋪，有一劑祖傳的藥方，當即拿來給我。以與小說有關的東西來交換其他東西，對我而言，這是實惠而有趣的一次。

說故事來作交易，〈一千零一夜〉裡雪賀拉莎德的賭注最驚人。她的故事不但要說下去，還要說得精采，絕不能夠讓聽的人打呵欠。換到的是看見明天的日出，生命又可以持續下去……

另外一位以說故事著稱的女人叫作艾莎克·丹妮蓀（電影《遠離非洲》的主人翁）。她是一位愛講故事的咖啡園莊主，以好聽的故事來換取熾烈的愛情。後來男朋友飛機失事，咖啡園破產，四十五歲的婦人回到丹麥，把日常講的一個個故事寫下來，成爲膾炙人口的佳作。

以故事交換愛情是艾莎克·丹妮蓀的初衷，但她眞正交換到了獨自度過餘生的趣味。而寫出《情人》的法國小說家莒哈絲則是另一個例子：她希望以講故事能力交換的也是愛情，後來卻在自我的想像裡重新書寫愛情——即使到七十歲的高齡，她還興趣盎然地改寫自己的童年、自己的初戀，然後令人莞爾地說道：「我眞正的過去已經不存在了，剩下是我在小說裡想像的過去。」

爲什麼說故事可以換來這麼多趣味？其中充滿了隨時可以帶你走上一條岔路的歧義。記憶不可靠？愛情更引人疑竇？記憶裡的愛情原本充滿了各式各樣的破綻……

——我愛他嗎？愛過他嗎？讓我在想像中決定我要不要繼續愛他。

——哪有一定的結局？哪個又是定於一尊的解釋？剩下都只是故事的素材。

歧路麼？那是一條條蘊涵著無限可能的岔道，每一條都值得我們睜大眼睛，好奇地走下去。當我們迷途不知返，歧路終於換來了最大的自由，對文字作者來說，家園在望，從此可以安頓身心了。

這就是文字的實用功能。

小與大

「後來，那個小小的文明呢？」

我的孩子抬起頭來問我，他的前額披著絲緞一般的秀髮，面色如同天邊初昇的第一道彩霞。那年是星紀紀元兩千五百年，我正努力向我的孩子描述島的形狀，還有島上日後發生的一切。（「請你——爲我畫一隻綿羊！」小王子說。）

「記得啊，那時候在島上……」我試圖向我的孩子描繪大將軍的造型，簡直難以落實。當我向孩子敘述他的兩道眉毛時，就更困難了。我只好把幾副從硬紙板剪下來的眉形，逐對貼在憑記憶勾勒出來的臉上，比較哪兩道眉毛更酷似大將軍！（「噢，那不是綿羊，」小王子說：「你畫的是山羊，牠有角。」）

我的孩子十分興味地撥弄旁邊的漿糊與膠水。他短胖的手指握著剪刀，又從勞作簿上剪下來一件條紋的游泳褲，兩側都預留下窄小的長方形，可以沿虛線摺起，準備替大將軍穿在身上。

那時日，大將軍走下舞台之後就是大總統。

大總統長的什麼樣子？我在另一張戴著眼鏡的長方臉上畫下兩道法令紋，顯得自信滿滿。背景是如蔭的一片青草地，當年的詞彙裡叫作高爾夫球場。

看我畫著，我的孩子卻兀自停下手裡的動作，輕搖我的臂膀，他問我：「你說要告訴我的，大將軍大總統與小小的文明——後來，唔，消失不見，到底有什麼關係嘛？」事實上，孩子大概只是試圖體會我的心意，他正努力重複我說過的話。消失、文明……，對小小的孩子來說，畢竟是太複雜的字彙。（小王子說：「長大的成人就像這樣，複雜的事情攪成一團，混淆了每件事……」）

我強作笑容，其實，我向著孩子柔聲說道，後來所發生的，與大將軍大總統，倒也沒有什麼必然的關係，他們只是當年在島上過場的歷史人物。但要我怎麼解釋？——回想起來，浩劫的來臨，正在它無聲無息，終於席捲一切。之前沒有警兆，之後檢討起來也缺乏合理的因果關係。況且，現在的紀元裡，文字失去效用，人們不需要邏輯也好久了。我低下頭望著孩子，怎麼向他解釋？我的臂彎內，孩子的容顏像初春的早晨，氣息裡泛著青草的鮮香，他臉頰上滾圓的笑渦，又像草地上映著朝霞的露水珠，多麼燦亮動人。如果不是常常替我揩去臉上的淚痕，我的孩子，他從來不知道憂傷為何物。

「媽咪，」孩子細瘦的臂膀攬住我的：「你說小小的島嶼是你的家鄉，」孩子愛嬌的聲音：「媽咪，你說嘛，那裡到底有什麼好玩？」（小王子說：「——星球上，只因為我的小花在那裡，是我的花朵，我對她有責任。」）

這一刻，我幾乎放棄了解釋。噢，我的孩子，我其實沒有辦法讓你瞭解那裡有什麼，就像我說不清楚自己為什麼到現在還這般遺憾。無論如何，不過是一場小小的實驗，失敗了，沒有人喟歎一聲，星際歷史甚至不曾作下紀錄。大歷史裡，歷史的長期合理性中，像涓滴迴歸大海，像支系納入主流，像邊陲併至中央……彷佛正是時勢的所趨。而這樣的發展，那時候看，確實是擋不住的趨勢。文明的歷程裡，大的吞下小的、強的兼管弱的，而大將軍與大總統也都注定了愈來愈有勢力？不，不是大將軍，也不是大總統，是與大將軍大總統一樣的大閱兵、大趨勢、大陸塊，……。還有大江大河等等大到很抽象的東西。（「如果星球太小，而那種植物長的太快，大到——會蔓延到整個星球，」小王子擔心地說：「那麼，我的小花就要枯萎了……」）

「所以，你總在懷念小的，也因爲已經不見，已經是不在那裡的東西。」孩子攤開兩隻小手掌，眨眨他上了一層黑釉般的眼睛，似懂非懂地望著我。

小與大，我低下頭去想，孩子說的沒錯。這些年裡，即使我目不轉睛地看著，諸多大的事物，——除了它們都很大之外，彼此並沒有相關，關鍵時刻卻一一連繫起來，成爲不可改變的現實；卻又不只是現實，後來——更可怕的，還是一種人人視爲當然的狀態。（「請你，爲我畫一隻綿羊吧！畫得像一點，」小王子說，「它才可以，吃掉那些不住長大的植物，我的小花從此才會安全。」）

「是啊，」我笑了，望著孩子一塵不染的眼白，我無限溫柔地說：「小的，本來就需要受到呵護，就像幼小的你。」我親吻孩子軟綿綿的手掌。

意象中善惡分明的兩方讓孩子覺得尤有興味：「媽咪，所以啊，凡是大的，就統統叫作壞東西。」這時候，孩子拉著我的手，與我敵愾同仇地說。（小王子說：「我的花朵那麼小、那麼無知，她有四枝荊棘，卻從來不知道怎樣用它們，去對抗這個世界。」）

「告訴我，」我的孩子卻又不捨地問：「媽咪，你怎麼才逃離那個大的，大的什麼？」

孩子一邊用手比畫出很大的形體，一邊問：「媽咪，你怎麼樣才來到這裡？」

我知道，我還是要面對這最難解的問題，怎麼說呢？我的孩子？告訴他當浩劫來臨，我在最後一刻逃了出來？喔，千鈞一髮，這未免太戲劇化了。怎麼說呢？恰好有位英雄救我脫險？不，這更荒謬，那時候，早已經是沒有英雄的年代了。孩子，要我怎麼說呢？（小王子說：「在我心裡，她是惟一的一朵花；因爲那是她，她是我的玫瑰。」）

延宕中，孩子闔上眼皮，我的孩子已經習慣性地知道，每次講到這裡，都是一個未完的故事。沒有結果的等待下，孩子睡熟了。看著孩子睫毛畫下的圓弧，那麼靜謐安穩，我又暫時鬆了一口氣。我的孩子，要我怎麼對你說呢？（小王子說：「我來自的地方，一切都那麼小……」）

噢，我的孩子，這一刻，我的臉貼著你酣睡的面頰，讓我在你眠夢中悄悄地告訴你，事實上，我哪裡也沒有去，我從來不曾逃走，不曾……從那裡逃到這裡。孩子，我親愛的孩子，在你夢穩神安的時刻，我要輕聲告訴你，你與我現在就在這片大的版圖裡面。孩子你所不知道的是，正因爲你心中從來沒有那小小的文明，所以，這眼前的一切，對你來說，才會多麼的合理。儘管它已經大到失去了邊際、大到抹滅了差異……對你，我的孩子，竟是幸福的印記、竟是完美的表徵，而對我來說，這一刻，那小島的記憶愈來愈小，也只剩下一枚模糊的影子，在月夜裡搖晃，搖晃著溶入黑暗的、腥溼的、濃重的、終於淹沒一切的大海洋。

我努力去看，要去尋找，卻什麼也看不見了。

背轉過臉去，我聽見自己的歎息，黑暗中聲音那麼輕淺，好像最微小的一粒沙塵，幾乎沒有發出響聲，就掉落進無邊無際的夜色裡。（「——那朵花是我的，」小王子說：「如果沒有她，一眨眼間，所有的星星都黯淡了。」）

世紀之疾

0

科學的證據顯示：一枚細胞的生命，重演整個種族的歷史……

1

騷動是從遇見他的時候開始的：看他站在人群裡，就好像有人對著我耳蝸癢癢地吹氣，不只神經末梢的燥熱，我的敏感讓我知覺到身體的一些反應。我裝作無意地摸一摸額頭，果然有一顆汗珠，正沿著我的鬢角下滑。

我也同樣在偵伺他的異狀：他怯怯的眼神彷彿一株含羞草，那麼容易驚動。收到試探的訊息，兩排羽葉般的睫毛立即反射式地閉攏起來。悄悄地在旁邊審視他，用眼尾的餘光掃過他緋紅起來的雙頰，我愈來愈有幾分確定：終於找到一個失散了的同類？

2

而我憑藉的，只是我自己也將信將疑的直覺而已。

按理說，這些年以來，我的同族人已經被消滅乾淨。依照流傳下來的文獻，先是一場「世紀之疾」的肆虐，殺死他們之中的大多數。然後發生了什麼？我所知有限。資料都被重新裝訂，官方的紀錄上：籠統地寫著多虧基因工程學的大幅度進展，加上催眠、洗腦、藥物療法……終於「治癒」了社會上所有「畸零」的人。到了目前，這一塵不染的世界裡，意識到自己的不同，就是將本身置於極大的危險中。

在我懵然的童年，對自己的「異常」毫無所悉的時日，我聽過一些繪聲繪影的傳說。傳說裡，我的同類與恐龍以及輝煌一時的馬雅文化並列，風馬牛不相及的三種東西，後來謎樣的下落卻可以彼此參照：就像恐龍爲什麼會絕種、馬雅人建立的帝國爲什麼瞬息無蹤一樣，我的同類因為創造力驚人，在文化藝術領域留下過豐富的遺產，公共電視的特別節目裡，時而還感嘆著有一種人為什麼曇花一現？——其實，我倒寧願相信，一個族裔所以消失，最可能的解釋，是他們厭倦了目前這想像力極為匱乏的世界。

我長久來枯寂的心田裡，緬想上個世紀一群人滅絕的原因，算是我消磨時間的辦法。而在孤單情緒無端湧至的黃昏，我也會反覆地想著這樁歷史疑案：什麼人的陰謀，故意將這病毒拋出，然後遲遲找不到解藥，任由病毒在我們族人之間傳播？更陰狠的是當致命的流行過去後，歷史才蜿蜒曲折地將人人都會罹患的疾病歸罪給特定的一群人，再把這群人的滅絕歸罪給疾病……

3

沒有碰見他之前，所有的問題，包括自己是否與常人不同的困惑，都停留在想像的層次。

譬如，我到過舊金山與紐約的後街，當年據說是我們族人出沒的幾個據點，現在一一修復成為媲美龐貝城的古蹟。有時候，在蒸氣滾滾的公共浴室，有時候，是在燈光曖昧的小酒吧間，我模糊地感覺到了身體內奇異的渴望，但我在渴望著什麼呢？——耳鬢廝磨，墜珥遺簪，這些古時候的成語，用來形容當日的盛況嗎？……迷茫的煙霧裡，藏著一扇隱形的門，我走不進去。

直到他在我眼前出現，……在人群裡望見他，我預期著什麼事情終將發生：一霎時有些失神，我不敢置信。然後是奇妙的暈沉、一陣陣的眩惑，接下去的困難是：什麼是我與他之間互相領會的語言？當年他們怎麼樣呼喚彼此？我怎麼啓齒？怎麼告訴他這是我隱藏了半生的情愫？

我必須小心從事，可別驚嚇到他。除了愛人多麼的難覓，以及愛情是多麼的可遇而不可求，也因爲在險惡的處境裡，若能夠找到那把開啓情愛之門的鎖鑰，我們將是族裔曾經存在——不容否認的見證！

4

獨處的時候，我想想又沮喪了起來，失傳的倘使不只溝通的技巧，也包括愛他的能力，那麼，我該怎麼辦呢？事實上，就連我們這種人的名字，都早已消溶於時間的河流裡。

我故意在他面前晃盪，一群人之間，他不可能迴避我灼灼的目光，但他只是善意地與我點點頭，然後迅速地別過臉去。下一瞬間，讓我失望的是，他羞澀的眼光，正跟隨一位異性的身影四處打轉。

他也與其他人一樣，遵循著……這個社會所能夠接受的模式？他是否認識到我的特殊之處？聽見我心裡最敏感的那根琴弦？或者……只是我的誤解，我讀錯了他所散發的訊息，我所缺乏的，原本是一套可靠的辨識符號！

我張著要說什麼的嘴巴，看他這一刻頗爲困惑的面容，卻訥訥地說不出來。

我挫折地想著，一旦失去了確認彼此的方法，遑論愛情，即使要去確定那不確定的，都困難重重！

5

午夜時分，當我念著他的名字而悠悠醒轉，睜大了眼睛，我努力地要回想起逃逸無蹤的夢境，在前一刻的夢裡，我們這種人，是怎麼樣的用身體訴說彼此的情意？

站起身來，對著一面鏡子，我觸摸自己挺直的鼻梁、飽滿而彈性的嘴唇，我握緊拳頭，上身在鏡子裡成爲一個倒三角的形狀；我扭轉腰身，望望自己結棍的腹部，沒有一絡贅肉，鏡子裡是幅俊美的影像。但我看著卻羞慚起來：不可能的，當年我們有創意的族人，抄襲的難道是正常人的愛戀方式？著重的難道是健身房練出來的一塊塊肌肉？……不可能的，我只爲自己欠缺想像力而搖頭嘆息。

若不是那樣，又該怎麼做？

電腦螢幕上，我模擬了兩個一模一樣的身體，看起來笨手笨腳，簡直不知道彼此應合。當年，不以延續後代爲宗旨的愛戀，到底是怎麼回事？

我愣愣地瞪著自己血色紅潤的指甲，撥弄臉側邊滑軟的耳輪，低下頭去，觀察在腹肌間微微凹下去的肚臍。我竭盡所能，用想像力延伸自己的身體的部位，看看其中是否有未被發現的隱喩。當然，也要突破許多詞意的障礙：譬如什麼叫做「性感」？目前通行的定義最能夠顯示這個時代惡俗的品味。但在當年，我們族人精緻的感官世界裡，哪裡？哪裡才是愉悅的泉源？曾經帶給族人們趨於極致的滿足？

6

再見他時，我發覺他有些掩飾不住地緊張，在我面前小小的失措，又彷彿是含蓄無比的挑逗。他在人群裡游目四顧，其實卻留意我的一舉一動。看在我眼裡，忍不住心中竊喜：我們莫非正要重建什麼？這從無到有的眉目傳情，難道就在拾回當年我們敏銳到極點的辨識系統？

果然是創造力的考驗，充滿了意象的跳接：只要瞥一眼他握住杯子的那隻手，從他月白色的指甲，我就聯想到他藏在衣服裡的肌膚，以及他身上淡淡的薰衣草氣息。彷彿從事一場視覺、嗅覺與觸覺的遊戲：由他指甲若隱若現的波紋，我見到的是他身體在愛撫中起伏的曲線。凝望他手指上細密的汗毛，我試想自己好像寵愛貓一般地撫弄一方柔軟的後頸。或者那隻貓就是我，是我呼嚕呼嚕地睡臥在他的手臂上，舐他的手指，用舌頭包裹著他比別人纖巧的骨節，嚙咬他的指甲，鹹鹹地，還稍微沾著薰衣草的味道。

喔，就因爲人們喪失了登峰造極的想像力，尋常男女的愛情才漸漸乏味，等同於平庸的欲望，到了這世紀卻連欲望也不是，剩下簽訂的契約、共同的守則、養育後代的社會責任。

想像力的枯涸，就是讓愛情一步步走向死亡的淵藪吧，我想想又若有所悟。

我與他，在我們漸次成形的辨識系統中，愛情仍有一線生機。這些日子來，閉起眼睛，當他的形影在我面前浮現出來，我就陷入激狂的欲念裡不可自拔。

7

可惜的是，我們之間逡巡的目光、機巧的應答，以及若即若離的遊戲形式，對他僅止於追逐與躲閃帶來的趣味。他無從知悉我一日比一日熾切的感情。

忽忽若狂的心緒裡，懷著孤注一擲的念頭，我決意向他坦白！

我試想用哀憐的語氣懇請他，乞求他加入，與我一齊探索愛情的可能：要知道……在這個充滿敵意的世界上，我們的愛情原本沒有多少成功的機會。

我願意俯身下去，親吻他的腳板，我要跪在地上對他說：原諒我，原諒我心底的渴盼，這些日子來，通過感官上的各種摹擬，交疊在一起的身體還是欲望唯一的出路！

或者我乾脆訴諸理性，就從我們族人的歷史與受到迫害的經過講起（對他來說，這一頁是全然的空白），接下去，不免講到後來集體滅絕的命運，爲了博取他的信任，我把博物館裡偷到的證物揣在懷裡，那是一瓶當年分離出來的病毒。

他會理解我吧！唯有靠著兩個人的意志，用身體互相驗證，在別人發現到我們「異常」之前，或者有一線希望，實踐那靈與肉合而爲一的尖峰經驗。

8

我愣愣地看著他愈來愈冰涼的嘴唇……，幾秒鐘前，就像在夢裡演練了多少遍的一樣，他大驚、他掙扎，我情急之下，急忙摀住他喊叫的嘴。我動作太粗魯了些，他的臉色一點點地轉成爲灰紫——

我放開了手，我貪婪地看著，線條那麼柔和的口唇，旁邊彎曲的鬚茸，還泛著初春青草的顏色。當我深深的親吻下去，喚醒的是腦海裡最深處的一卷記憶。而令人窒息的世界上，果然比所有能夠臆想到的愛情都還要美好而純粹。這瞬間，靠著他嘴唇上正在消褪的一絲絲體溫，重現了我們族人泅泳在情與欲裡的集體經驗……

9

他空茫茫的眼瞳彷彿在問：「之前，怎麼不記得呢？」有多少可能！多少種做愛的姿勢？以多少不同的方法迎合自己的伴侶？像在水溫裡屈伸手指的本能，我一一想了起來。但有什麼用呢？世界上，只剩下我一個畸零的人！

他的眼角滑下來一粒小小的淚珠，我用手指替他從臉上拂去。

我把手指放進口裡，鹹鹹的滋味，順便，我咬破了那根指頭，抹進一滴「世紀之疾」的病毒……因爲愛而死，這其中枉然的一番尋覓，驗證的到底是愛情早已死亡的事實？還是我們族人終歸於滅絕的命運？

童年故事

0

童年已經愈來愈遠了。

1

談話中，我卻一再地提起我的童年。彷彿是我書架上包羅萬象的文庫：每翻一頁，都可以替我爾後的行爲找一套發人深省的解釋。至於我年歲漸長的生命，只不過是童年經驗在時間裡的延伸；而我努力替自己的人生尋出脈絡，另一種解釋正是——我始終在苦苦地增補我的童年！

2

其中包括我與女人纏繞不清的關係：百試不爽地，我總在關鍵時刻……陷入年幼時最甜美的記憶。

當我的手往乳房上攫捉的一瞬，我習慣把女人的奶頭夾在我右手的食指與中指之間，用左手扳過她的臉來，我的口唇湊近她的，輕輕擦幾下，再深而長地親吻下去。除了神經末梢傳來酥酥麻麻的快感，我的舌頭捲著另一隻充滿津液的舌頭，喘口氣的分秒間，我會讚嘆地說：「記得我母親就是這樣溫軟而多汁！」

我繼續向下搜索。我閉上眼，把女人葡萄粒一般的乳頭放在嘴裡咬嚙（小時候的繞口令，吃葡萄不吐葡萄皮？），甜絲絲的，我的味蕾將這一刻的情愛經驗與童年記憶連結在一起，由滲出來的奶香，口腔中頓時翻湧起母乳的滋味：鍋裡正烙著餅，還有黃騰騰的煎包、裹在茼蒿裡的麵疙瘩……母親喚我的小名，火毒毒的灶前，她敞開衣襟，等我撲進她的懷裡。

「差不多了，再多塞一點菜，四周鼓起來，那就更像我當年愛吃的——」下個時刻，冷氣機吹著，廚房的抽油煙機呼呼響著，坐在碗筷擺得齊整的餐桌前，我咂咂嘴巴，對著正把剛出鍋的韭菜盒子遞上桌的女人發表評語。

看到女人從廚房跨出來時汗淋淋的臉，事實上，我所能夠聯想到的也是童年記憶裡的母親。母親有極闊大的一雙做事的手，在油亮的圍裙邊緣搓著，指頭沾了一層厚厚的麵粉。那白色的抖落下來的微塵，隨母親的腳步在空氣中翻飛。母親身上，總帶了一些髮油味、花露水味，到了傍晚還有一股淡淡的狐臭。

我出神地想著，一面在這緊要關頭想出比較準確的字眼：

「噢，對了，因爲是一種混合的氣味，包容一切的大地，也是我童年安全感的主要來源。」

晚上，偎在女人身邊，我也喜歡用鼻與嘴在女人的腋下與腿彎翻找。對方咿咿啊啊的聲音裡，我在深耕一片水汪汪的禾田，或者，更回到童年的聯想是——將潤滑的春泥翻攪開來。我想著母親飛快的動作，用兩根筷子就可以拌肉餡：一把小白菜、一塊里脊肉、一個雞蛋清、一匙小磨麻油，筷子畫出一道道的波紋，碎爛的白菜與肉末的纖維之間好像有一種拉不斷的黏連。濕濡的感覺裡，我也試圖進入女人的身體，四面都是牽扯的張力，我禁不住淘氣了起來……小時候，踩在板凳上，我就這麼好奇地把手指頭戳進肉餡，看母親在大碗裡變的什麼魔術。

溫存了一陣，聲音盡量放得輕柔，我向身邊喘吁吁的女人說：「對我這樣的男性，終其一生，呃，都希望回到母親身邊。」

說完後，坐直身子，替自己點上一根菸。其實，我知道自己跟她提起童年也別有所圖：這是不斷地表明心跡，告訴她，我雖然愛她，我尤其習慣被人愛，我總向她要得多一些，比我能夠給予她的多些！

當年，屋裡充斥的都是母親的氣息。不起眼的角落，父親坐在舊藤椅上。他有一副好脾氣的面容，中山裝穿在他身上，只覺得口袋特別多，好像我們國校學生的制服。父親拉過藤椅，他挨著我坐了下來，默默爲我削好鉛筆，一根根放進鉛筆盒裡。他還喜歡爲我包書，舊了就換個皮面，日曆紙翻過來，明星的大耳環包了進去。然後父親站起身來，在我新理的平頭上磨蹭他的下巴頦，一面自言自語：

「做功課，學的，爸都不會了？」

我皺皺鼻子偏過身體，他那件磨得起毛的中山裝上，有一股「新樂園」菸的臭味。

「檢查是肺癌，沒三個月，早就去了。」向枕在我肩膀上的女人做了結論，我狠狠地連抽幾口香菸。女人柔情地橫過一隻手，幫我把菸熄滅。

說實話，我常在想童年給我留下了什麼影響：平凡而知足的生活，除了蒙受女人的眷愛，我對人世間所求有限，童年記憶像一張溫暖而熟悉的牀，我躺在上面搖晃晃地進入了夢鄉。

3

當我的嗅覺漸漸魯鈍起來，懶得再去辨識各個女人身上不同的味道，在我心裡，適時出現了另一幅童年的圖像。

許多的場合，我必須要從沒什麼希望的因緣中脫身，幸而還有童年的記憶，可以代我解釋爲什麼與女人重複著毫不動情的肉體關係。好像某種障眼法，我與女人上牀，正因爲我認定那種關係並無進一步發展的可能——

因此也辜負了不少眞情！

女人低聲啜泣的時候，我才一點一滴地透露出來我的童年並不那麼尋常，占去我後來大部分記憶的母親原是繼母。至於我的親生母親，剩下片段的鏡頭，以及聊勝於無的幾個場景。我說，這大可以說明我性格之中寧可陷溺在欲望裡……卻無能掉入情網的一面。

說著，我便在心眼裡重溫那幾幅有些模糊的畫面。母親用手掌托著我穿開檔褲的屁股，哄我，指給我看竹竿上翻飛的衣衫；要不，就是母親抱我坐在門前的台階上，冬天的太陽灰慘慘的，烤地瓜的手推車無聲地滑過去。時間靜止了，好像電影裡的停格，我愈來愈不能夠確定記憶的可信程度。

有一次，讓我自己也大吃一驚的是：我居然向枕邊的女伴侃侃說著，記得穿了件大翻領水手裝，海軍藍的短褲，偎在母親懷裡，半歲吧？一歲吧？而一面說我一面想到：這畫面與一張擱在照相館櫥窗的放大照片並無二致，照相館坐落於我上班必經的街角，而我每天走在騎樓底下。不知道從哪一日開始，這個鏡頭以假亂眞地混入我童年的記憶。

「像什麼？神情像長了翅膀小天使；我那上了釉彩一般小臉蛋，酷似馬槽裡的耶穌。」將錯就錯，說起凝定在鏡頭裡的童年，我簡直眉飛色舞。

女人抬望的眼瞳裡露出虔誠，宗教的意象必然具有淨化的功能。此刻，我專注的眼光早已超越了被單外面她性感的裸肩……

「斑駁的三兩張小像，我的母親，端莊而美麗，頭頂上彷彿有圈亮光。」我看著玻璃窗上方的一角夜空，幾句話的工夫，就將貞潔的瑪麗亞也一併鑲入我記憶的櫥窗。瞥了一眼身邊女人活色生香的臉龐，我頓時又有些抱歉，悄聲說道：「所以啊！你要原諒。不是不肯，是我愛上任何的女人，都要冒著讓那小像更加模糊的危險。」

女人顯然尚未死心，但還是懂事地點了點頭。靜默半晌，她又輕輕問：

「後來你那位繼母，對你好嗎？」

這一刻我腦海裡，果然浮現了繼母的模樣；輪廓很深的黑眼睛，笑起來亮閃閃的牙齒，臉上一塊五毛錢銅板大小的疤，映著燈光顯出兩種顏色，中間比周圍粉嫩些。

我的記憶中，當年她剛住進我家，我脖子上還掛著圍兜，站在竹子做的搖籃車裡。我好奇的眼光跟著她的身影左右擺動，看她坐在小板凳上搓洗衣服、哼著小調跪在地上擦地板，想來……也是我度過童年時光的方法。我一年一年長大，等我嘴角長出了青色的鬚芽，她那中間有一條乳溝的胸脯繼續在我眼前晃啊晃的，如今再回憶，我盤算的大概始終是怎樣報復嚴厲的父親！那時候，每聽見吉普車轉進巷子，我就在書桌前連打幾個冷顫，幾分鐘後，父親在玄關裡脫掉大皮鞋，把綴著梅花的軍帽搭上帽架，接下去，我便要接觸父親濃眉底下管訓部屬的目光。

「關鍵是我老爸，做錯了事，他動輒用腰帶的金屬環扣抽我，那一年，我十二歲。」說著，覺得當繼母的面接受懲處的畫面就在眼前，背上火辣辣地痛。

「你提起的，後來發生了一件，啊大事，究竟什麼事啊？」女人翻過身來，用手腕托著腮，興致勃勃要聽下面的故事。

我笑而不答，逕自開始我再一個回合的前戲，用我毛扎扎的腮，搓揉著牀上追根究柢的女人。傻瓜，她想要知道什麼?她又自以爲知道什麼?原只是露水姻緣，就一心一意把我當作標的物，直想要虜獲，大概準備到手後，就看成幼年失怙的案例來感化。可惜她但憑直覺，欠的是理論根據。此刻我成年人的思慮裡，早已添上了弗洛伊德對於這種事情的種種闡釋:其實，正如我自願沉湎於沒有責任的情色關係，多年來不長進的日子，無非是對父親那套價值觀的徹底反叛!

我長吁了一口氣，不顧身底下的女人這一刻猶然有所期待的眼眸，我快刀斬亂痲地告訴她:「我怕——怕任何需要付出、需要認眞對待的感情。」同時，想到因爲自己的童年記憶就注定了今生薄倖，我不禁黯然神傷起來。

4

從一個女人的牀上到另一個女人的牀上，我愈來愈難以區分她們的面目。當我厭倦了這樣的放浪形骸，另一種感官的記憶在我心裡逐漸成形。

如今，我懶得再去一一描述我的父母親長什麼樣子?穿什麼衣服?……之類瑣屑的事，清晰的倒是關於聲音的印象。我對身邊一同眠食的女人說道：「聽掛鐘滴答，家裡那台順風牌電風扇，每到半圈的盡頭就吱嘎一聲，再往回轉！」

女人已經習慣我在她耳朵邊自顧自地絮叨。她哪裡明白？童年經驗與我目前的心境其實有脫不開的關係。

我依然不厭其煩地告訴她，即使到了現在，我都習慣在被窩裡等她上牀。當年我豎起耳朵，聽著母親臨睡前從這間屋踱到那間屋，再換木拖板走在水泥地上，把喝剩的茉莉香片倒進花盆裡，檢查門栓，關煤氣爐，熄燈，換回小花園鞋店的繡花拖鞋，皮底，在地板趴搭搭發出響聲，拉上過道紙門，對著鏡子，取下一根一根髮夾，柔軟的大波浪披散在肩上，看了半天鏡子，雪花膏在臉頰畫著順時鐘的圈圈，然後拿起金屬鑷子，在眉心處細細密密地夾著，空氣裏嘶的一聲，鑷子上有根斷成半截的毛髮。我閉著眼睛，心裡卻在估算母親每一個動作需要多少時間，為什麼這樣久呢？我益發焦躁了。直到母親在我身邊那一塊榻榻米上臥下來——

繼續沉浸在回憶中，我用慢悠悠的聲音說：

「以為我已經睡熟了，母親替我把被角掖掖好，我卻可以瞇著眼注意她的動靜。有幾次，母親坐著而並不躺下，就著吊掛下來的一盞燈，的的撥起了算盤珠子，聽著，我就知道那本家用帳上又出現了補不完的窟洞。」

我愈說愈傷感起來，想的是風雨聲大作的日子，洋鐵皮的燈罩搖搖盪盪地，母親單薄的身影映在牆上，四周的紙門颳得吱嘎有聲。第二天早晨，院子裏落下了一地髒兮兮的扶桑花。

有時候蟲聲唧唧地，月亮從窗戶照了進來，睡在我旁邊的榻榻米上，母親面色白得像紙。我說，當時突然擔心，擔心母親停止了鼻息，就剩我一個小孩要面對這險惡的世界。而我伸過手去，放在母親鼻孔底下，久久，才感覺到些微的暖氣。

「哎，你的阿爸，也太不顧你們了。」每回聽到這裏，女人例行地爲我悲嘆一遍。

父親？我只記得他騎重型機車進門的聲量，鑰匙茶儿上一擱，脫下的金錶噹啷一聲，然後他在桌前坐下來，一口一口地扒飯。對著這一刻表情中充滿同情的女人，我自言自語地講道，母親原是好人家的女兒，過世前多少年，都在忍受那一樁並無起色的婚姻。

平躺著，我聲調不緩不急地繼續說：「要知道，一切無可挽回，我人際關係上的疏離已經成形。這是我童年生活中難彌補的缺憾。」

女人顯然從來沒有弄明白我的意思，一面聽著，熱乎乎的身子就貼了過來。

「睏了，太睏了。」我說，慌忙往牀的另一邊躲閃，同時機靈地抽回她試著要握進掌心內的那隻手。

黑暗中，我一直很警醒，直到我的側面響起了輕微的鼾聲。其實，我只要女人睡在我身畔就好，她體腔內的呼吸，淙淙琤琤，好像一闋催眠曲，又好像小溪的水在我旁邊上下奔流。我總等聲音突然高亢起來才碰碰我身邊的女人，要她改換一個姿勢，那是我與她身體唯一的接觸！

偶而眞的難以入眠的時刻，我無趣地想著，不僅是欲望的銳減，除了聽覺還像當年一樣機敏，味覺、嗅覺……其他感官都在逐漸退化之中。不少時日，我把那台喜美停進車房，鑰匙往電視機上一擱，坐在菜擺好的桌邊，無意識地，我只是一口一口往嘴裡扒著飯。

5

想起來，回憶與時俱遷。一生之中，我說過許多童年的故事，每一個都比前一個更爲切合我當前的心境。

各個故事裡，對我日後行爲發生重大影響的童年經驗恰似可以移動的積木，等待著排列組合。譬如，爲了解釋我與同性朋友之間的勃谿，有一次，我所記得的童年突然多了三位兄長，個個好勇鬥狠……。

除了橫生出的枝節，我的童年又如一塊大海綿，隨時向眼前的經驗吸取含蘊其中的智慧。譬如，才讀了某位偉人的勵志小故事，我的童年就發憤圖強起來，自行剪接上在溪邊看小魚逆流游泳的一段。前些時日，我在電視上看了一部拉丁美洲的電影，果然從我的記憶深處，也浮現了一位白髮皤皤的老祖母，睡著與醒著沒有區別，不斷發出夢囈：敘述家族光榮的過去。看她從浴盆裡站起身來，赤裸而巨大，如一尾讓海水分開來的白鯨！

6

還有一組故事沒說給人聽，那才是我記憶中眞正的童年。我去編織各種荒唐的故事，目的也在混淆旁人的視聽，以確保我珍藏在記憶裡的經驗不受任何的汙染。

直到有一天，一個接一個的故事之間，我預感到自己最害怕的終於發生，就在一去不回頭的時光裡，虛構的故事……竟然消溶了我眞正的童年……

歧路家園

出乎意料地，我的女主角竟會回來找我。

一進門，看著屋裡擺一台電腦終端機，一閃一亮地，她驚奇地張大原本是細瞇瞇的眼睛。

我笑著解釋，時代不同了，現在寫作講求速度，這樣快捷些。

我走過去關機，一邊不安地搓著手。自從她進屋，我總有意無意地在她臉上找尋歲月的刻痕。她的頭髮剪得薄薄地貼著耳朵，圓臉顯得長了，眼角多出幾道我以前未曾見過的滄桑。事實上，一些年未見，我對自己灰蒼蒼的鬢角也頗爲自覺。

我打起精神問她：

「這些年來，好嗎？」

「還好，」她昂起頭，掠一掠耳邊的頭髮。依然是我所熟悉的、曾經描寫過許多次的小動作，然後我看見當年就在耳下的那顆紅痣，顏色濃些，竟然有些發烏。

她聳聳肩膀玩笑地說：

「那之後，你就不管我了。」說著，她還在笑。笑著笑著，她嘴角下垂，露出一絲慘淡的神情。

「不是我，」我點上菸，也在說笑。其實我頗爲心虛，我吐著煙圈說：「當年，離開你的是你男朋友。」

她不置可否地笑著。

我端詳她的臉色，關心地再問：「現在，生活不錯？」

她告訴我，那段讓她失去婚姻的插曲之後，她一直單身，這些年來，倒也這樣泛泛過去了。瞥我一眼，她取笑地道：

「我知道，你還是一樣沒耐性，別人的心境，沒聽兩句，很快你就煩了。」

然後她接著說，她還記得，讓我感覺興味的只有故事，故事編完了，不再新鮮，我立即置身事外，不去管陷身在故事裡男女主角的死活如何——下面，她為我講一個故事，她說，這樣，也算告知了她的近況。

幾天前的晚上，她說，她與一名有家的男人決定夜宿。

她用講故事的聲調說，那是台北近郊，一家看起來頗為清幽的溫泉旅舍。

穿過深深的院落，帶路的阿巴桑拉開幾扇玻璃門。她說，可不像目前自動取鑰匙的賓館，賓館的屋裡除了一張特選的牀，簡單的裝潢都為襯托牀而存在。這一間類似住家的房子，屋裡還有繁複的家具，沙發與茶几不說，從梳妝枱到五斗櫃等大件木器都一應俱全。轉角處是張八仙桌，桌面放著暖水瓶，牆壁上掛著一籠綠色的紗罩。

「這次，總算有個『家』了——」男人打量四周，欣慰地朝她說。

習慣這種短暫姻緣的她，聽到的那瞬間，竟是十分錯愕。坐在牀沿上，她不明白男人說些什麼，一時，連面前正在褪落衣褲的身影也更加陌生起來。

她告訴我，她以為他們倆都在心裡再清楚不過，他與她是不可能組成一個「家」的，關係到他既定的機構，也牽涉到她獨立的生活形態，而他們能夠在今夜相契，主要也是在這一點上，兩人從來沒有任何誤解。她聲音平平地對我說，實際上，他們倆所擁有的只是歡情的現在，愛欲卻因而益發熾烈——

至於「家」，對她其實是情欲的相反，她含笑地說道，「家」曾經是她逃離開的地方，她沒有想過再回去。

「家」對那個男人來說，她嘆著，意義又大大不同了吧！只有「家」，看在男人眼裡，才是合法地可以親密、合法地可以做愛、合法地可以袒露自己的場所。多麼不同，不同的「家」，不一樣的定義，她挑高了眉毛向我說。說完，她大笑，笑得眼淚都流了出來。

笑到最後，剩下悽愴的尾音。我愣愣地坐在那裡，只聽見她嘶啞的嗓子問道：「家？家的感覺是什麼？」她說她都不記得了。抹去臉上笑出來的淚水，她困惑地望著我說，她只是突然想到要來看看爲她安排前半生的作者。

家，我沉吟著——聽她講的故事，我怎麼能夠不動容？——記起當時，毋寧說，我自己是深具歉意地。這些年的人世滄桑之後，現在的我，即使寫那一類奇情的故事，也必定不會那般決絕！當時，我安排的情節裡，一齣後來未能有所結果的婚外情讓她走出家庭，每個女人牢牢握在手中的東西，她卻輕易放棄掉了。

相形之下，我不免也想到自己，這些年來，寫作脫不開肥皂劇的範疇，生活則在家的窠臼裡載浮載沉。有時想想，甚至是惰性，讓我屈從於屋簷下另一個人她堅強的意志。一旦弄清楚自己怯懦的本質，我慚愧的是當我本人都不如我的角色勇敢，憑什麼，由於我的安排（或者是我潛意識裡的衷心期望），我的女主角卻在婚姻與家庭的門外流浪了經年？

想到這裡，我愈發自責起來。

突然一陣衝動，我在這一秒鐘對她說：

「讓我，爲你改個情節吧！」

她的面孔發亮，眼裡跳躍著新的希望。

「可是，你要從哪裡改起？」她急急地問。

這時候她雙頰緋紅，居然露出一種屬於少女的興致。而我的記憶也在瞬時間清晰無比：記起我曾經照著那個女孩的臉型描摹女主角的模樣，還有耳朵下方那顆紅痣，每次撩撥開那女孩的頭髮看到，我總要好一陣子神思不屬。

多少年前的事了？而我的女主角，故事剛開始時，也是懵懂的年歲。那時候，她結婚沒多久，在我迂迴的文字間，對未來發生的事情她一無所覺……

再想下去，我竟然頗爲自傷。

吸口菸定定神，我一屁股坐到螢光幕前，叫出以我的女主角名字作儲存代號的電腦檔案。

I家：YES？NO？

電腦檔案裡，故事情節分解成流程圖的形狀，箭頭指處，我找到樹枝狀歧路的源頭。

我說：「由第一次作選擇的地方，改，我們改。改成那個家庭裡從來沒有出現第三者。換句話說，你的婚姻始終無疵無瑕——」

我沒說完，我的女主角露出了驚悸的顏色。這熟悉的眼神，猛地勾起我的記憶，當年，在我故事的尾聲，她男朋友決意離開她的時候，她也是這樣驚慌失措。之前幾章，寫到她與丈夫簽離婚書，她一逕咬著指甲，臉上倒只是無可無不可的一派淡然。

「不，不，」這一刻她在我面前一字一句地說，「不改，我不改……」就像當年一樣，她毅然地搖頭。她說，她從來沒有後悔過；她又說，她寧可離幸福家庭的畫面愈來愈遠，也不願意把她一生最動心的愛情剝奪了去。

啊，剝奪，我的女主角用的就是這樣的詞彙，她臉上表情讓我想到撲火的飛蛾：「不如年少化芳塵，蛾眉千載尚如斯」，我記起了些纏綿的聯句，也怪我，難道？當年我是以自己的閱讀經驗來建構女主角的內心世界？……而自從他們初見的一霎，一切似乎已注定了不能更改。記得她日後曾經問過他，什麼時候開始喜歡上她的？他總說，第一次看見她，這麼地浪漫、這麼地一往無回——是我當時從文藝小說中讀到的情節？還是我本身想出來的畫面？是的，第一次看見她，她已經是別人的妻子了。可是他不管，他要定了她，因爲他從未看見她身旁還站著別人——對這一類純情的敘述，我簡直熟極而流。

依照我現在的心境，不要說我不再相信世間有這樣絕對的感情，即使有，我也不希望讓我的女主角眞的遇見！

Ⅱ家：YES？NO？

我按下快速前進的鍵，調轉螢光幕上的畫面，想要找出另一項補救的辦法。

「下面的岔路口，如果你的男朋友沒有走掉，他娶了你，建立家庭，倒也是爲你重寫後半生的好機會。」我殷切地說。

我的女主角遲疑了，分秒間，她臉上彷彿盪漾著幸福的憧憬，我還未來得及看淸楚，這樣的想像卻已經落空。

她眨巴著眼睛輕輕地說：「如果我與他眞的在一起了，以我們的心性，有一日也會吵翻的。」

我頓時陷入了回憶，往事如煙，當時，他們實際相處情形到底怎麼樣……是我記憶力愈來愈差？還是當時作品還靑澀的我完全沒有想到要在生活層面上著墨？……他們兩人把對方看得重於一切，患得患失的情緒中，像我的女主角說的，相處不一定是容易的事。

「倒寧可像現在一樣，雖然沒有結果，總是最美好的。」她又說。

而我惘惘地想著，看起來，這些年裡，女主角也把那段不被命運之神所垂憐的感情當成快樂的源頭，所以，一旦要將她的夢境落實，對她來說，意味著就此失去了想像力的迴旋空間。身爲她的作者，這種心意我不難瞭解。事實上，臆測書裡人物未實現的各種可能，幻想主角們離開我之後各自的境遇，正是我自身的樂趣所在。

亦因此，我必須承認，當時我與我的女主角可能有同樣的問題，在我筆下，她眼神飄忽，體型纖巧，看上去就不切實際。如果是目前，我拿手的已經是精明幹練的女主角造型，她們一個比一個會算計，因此，對人生的重大抉擇絕不至於貿然行事。然而問題是，我自己都不會被感動的角色，當年，對寫作仍懷有無限熱誠的我，爲什麼去爲那些擅於經營的人生浪費筆墨？

Ⅲ家：YES？NO？

終端機前，看著我的女主角愈來愈認命的模樣，我不死心地再出主意：「後來，在情節裡，讓你丈夫回來找你，原諒你，你們重修舊好。」

我的女主角再度搖頭，臉上是很斷然的神色。

她說，她可以想像，那條回頭路必定不好走。她咬著嘴唇道，原諒什麼呢？如果她老覺得矮人家一截，她可不是忍氣吞聲的那種人。畢竟，破鏡重圓只在電視劇裡才有可能，她淡淡地說。

她有意無意又觸著了我的痛處，目前，爲了生活，我寫了不少大團圓結局的電視劇，我的女主角如果碰巧看到，一定大爲不屑。但反過來說，我頗可以自我解嘲的是，大團圓貌似喜劇，敞開來看，呈現的倒是鬧劇的本質。鬧哄哄一場，其實空洞得很。這一點，比起她閉鎖在回憶中的日子，恐怕更接近人生的眞實面貌。

在她面前，我本來要替自己的行業辯白幾句。想想，也就算了。說什麼呢？情感上，她比我執著，我的女主角始終活在過去的遺憾裡，看起來，我簡直應該佩服她的癡心才是。

哎，她倔脾氣一點沒改，多年下來，她依然孤傲、有稜有角、看不慣便冷冷地消遣別人幾句，這些特徵，我都能夠從她原來由我所塑造的個性中辨識出來。可是她眉日之間，卻也多了點我所不熟悉的東西，像她眼角細細碎碎的裂紋就是。望著她經過滄桑的那張臉，我簡直心疼：心疼她這條路是怎麼樣走過來的？——而她那段經歷，我身為作者，在過去的年月裡居然愛莫能助！

Ⅳ家：YES？NO？

再下去，故事的情節裡，我能夠為她移動的積木就很少了。

我靈機一動，倒想出一個無傷大雅的解決辦法：「你的丈夫沒有發現，他自始至終蒙在鼓裡。」我很熱心地說：「你與那男人情意固然深，丈夫還未發覺，已經成為徉事——」

她點頭，臉上看不出什麼表情，對這個方案，她大概覺得尙且可以接受。

我愈想這項設計愈得意起來：她已然經歷了所謂驚濤駭浪的感情，應該可以安詳地過以後的日子。對丈夫，因為她始終用情不深，遇上這件插曲，又添了些抱愧的意思，反而好相處些。

「直到一天，」

她解事的眼睛望著我，知道我編故事的毛病又發作了。

「直到一天，」我對她說：「聽到電話鈴響，女人打來的電話是你接的，電話那頭沒有說話。半晌，『請問』，『請問，姚先生在嗎？』小小的聲音，透著緊張，卻又有種刻意裝出來的平常。」

「你看了丈夫一眼，把話筒遞過去。然後，你走開，從洗衣機裡把容易褶縐的幾件棉質衣服取出來，晾在浴室架子上，讓衣服滴水。」

「隔著一層毛玻璃，聲音還是低低地傳了過來，顯然經過壓抑，卻又不肯壓得太低啓人疑竇。『唔，我看看』，『那就說好了』，丈夫聲音裡透著張皇，你聽得到，你想，男人額角上正冒冷汗吧！急出來的，擔心對方老不掛電話，你聽見丈夫匆匆地又說，『就這樣』，然後是輕極了的、親暱的、足以透露出所有秘密的一聲『再見』。」

「然後，丈夫掛上話筒，你不必抬頭，就知道丈夫踱了過來，挨著浴室門站著，正在悄悄地覷你臉色。看你臉色很和緩，男人似乎鬆了一口氣，卻又有些慚愧，屋子裡晃了幾步，乾咳一聲，討好地想要與你說說話，但是，一時眞想不起該說些什麼——」

聽到這裡，我看見我的女主角昂起頭，彷彿還在望著浴室晾衣架上正要墜落的水滴，又彷彿望著站立一旁欲言又止的丈夫，男人眉角上方，……有顆汗珠正由髮根往下一路滑溜。

這時刻，我的女主角低下頭去想著，她瞭解，她其實都能夠瞭解，她只是像她丈夫一樣，不知道該說什麼。事實上，她與丈夫之間需要說的話，許久以前，都說得差不多了。但她偏偏不是粗枝大葉的女人，她很容易體察別人心意的變化，看著丈夫有些迫切的面容，她想想甚至覺得不勝悵惘——她也都經過的……

那她究竟應該怎麼做？丈夫與電話另一端的女人相愛嗎？像她自己與另一個男人當時一樣。她又會怎麼樣反應？成全他們嗎？她當然尊重丈夫的這一份感情。還是說，只要她若無其事，等一陣子也就都過去了，她不這樣過了許多年？不知道是寬容是妥協還是無動於衷地過了下去，對她來說，或許這就是「家」的定義，其實，也最接近多數人的現實處境。問題是，她要不要這樣走下去？迷津般的人生道路上，彷彿有一扇奇異的門，進去？還是出來？進不去？還是出不來？究竟哪一種結果更圓滿？對當事人更爲公平？

怎麼做？又是一幅新的流程圖，每個岔路上的抉擇指著截然不同的方向，卻也牽扯出新的煩惱與虧欠。那麼，許多年後，一旦再見到我的小說人物，我對她們將同樣地充滿歉疚。

這般想著，我決計要闔上這個故事，無論如何，人生的抉擇原本不容許輕易更改！

【附註】至於我爲什麼急急忙忙關機，把故事結束，另一個原因，我必須深自警惕的是：這類重逢的場面，處理起來尤其要格外地謹愼——就像這一回，也是由於歉意開始的吧，當我試圖重寫她未完的故事，我竟然極其敏銳地覺察到，我對我的女主角依稀有了些愛憐的情分：無論對她的感覺是什麼，我身爲作者，難道還不明白，我已經預見自己走不出去，又何苦讓她因爲我，重新生出幸福的幻覺，再次面臨額外的一些選擇？

當然，我對過度理智的決定也時常有悔意就是了……

禁書啟示錄

一切，都是從一本禁書開始的。

讀者，你會問我，到了這個年代，難道還有禁書的存在嗎？

那時刻，當我的女主角掩著她略神經質的嘴巴告訴我這個事實時，所以引起我那麼大的好奇，也因爲一則我難以置信；二則，瞬時之間，所有關於禁書的記憶都回來了。

當年，要回溯到牯嶺街的歲月，書攤老闆看見熟客人上門，不慌不忙地把牆角下的一疊書取出來。若無其事的招招手，就走開了。然後，踱回來算錢，幫我把挑選的書捆綁好，放進我的帆布書包裡。若是眞買到了禁絕已久的書，過馬路時，我總下意識地左右看看，心裡有分難抑的興奮。

想到過去，大概是心思不屬的緣故，我半天才回過神。當時，盯著我的女主角依然戒懼的面色，我疑惑地問她：「可是，爲什麼要禁呢？」

她期期艾艾地說：「書皮是燙金的——」

「我是說內容。」握住她冰涼的小手，我耐起性子等她解釋。

「看了幾頁，我就放回去了，我眞的害怕——」她吸口氣說：「眞的感覺好像犯了禁忌——」

「可惜，我只翻了幾頁。你知道的，我天生記性就不好。」那時候，她簡直是抱歉地對我說。

禁書?什麼樣的書還會被禁?對於我這種人，好奇一再是大小麻煩的根源。果然，正如我通常出奇靈驗的預感，當我陪她到她前一日看見那本禁書的書店裡，老闆卻矢口否認。

「什麼?你說什麼禁書?」老闆皺著眉頭，佯裝出置身事外的神情。

我的女主角頓時漲紅了臉，她急不過地搶白：「昨天，昨天，這個時候，我在翻的時候，你親口告訴我的，那是一本遭到查禁的書。」

「小姐，不可能，現在已經是解嚴的日子了，」老闆搖搖頭，半晌又鄭重地加上一句：

「何況我們書店，從來不擺色情書刊。」

我的女主角更急了，她一連聲地說：「不，不，我不是說那種。記不記得？昨天站在這裡，你還替我剝開塑膠封套，你還小聲地說，『有些事是可以做，不可以說的。』」

老闆眼珠子在眼眶裡溜了溜，望著我，又看看我身邊的女主角，提高了聲音道：「我可沒講過這麼曖昧的話。」

我狠狠瞪著那位假正經的老闆：「她不會撒謊！」牽著我的女主角的手，我上前半步。

「什麼書名？」老闆懶懶地搭腔。

「呃，」我的女主角面有難色，她一向不記得事物的名稱，愣了愣，她說：「那是一本像詞典的書。」

「詞典？」老闆冷哼了一聲，轉過頭招呼其他的顧客。看樣子，就知道他懶得再搭理我們了。

走出書店，站在向晚的重慶南路與衡陽路交口：望見轉角處「三葉庄」的舊址，一時，我回憶起多年前的台北。閉上眼睛，「老大昌」西餐廳的二樓上，恍然飄盪出電子琴的音樂。

當年，'Tea for two'曾是我喜歡點的曲子。這時候，電光石火一般，那支間諜片的主題曲在我腦袋裡閃現靈光。

所以，問題的關鍵是，我清清喉嚨，向我的女主角解釋，九〇年代若還有禁書存在，必然有極爲特殊的理由，譬如牽涉到巨大的陰謀什麼的。

站在街口，或許是時空錯亂起來，對著我的女主角惶惑的眼神，我嚴肅地宣告道：沒看到那本禁書的人，此刻，可能都被蒙蔽在那宗詭譎的陰謀外面。

我沒有告訴她，這樣煞有介事地講完，我也忍不住爲自己異想天開的說詞暗自好笑。

那日上燈時分，坐進寶慶路一家百貨公司附設的咖啡座，我的女主角咬著鉛筆在那裡沈思。我軟硬兼施的要求下，她努力地回憶翻開書的時候看到了些什麼。

想著她在爲我的問題傷腦筋，燈影裡，我感覺她纖巧的五官更惹人憐愛了。我不時地拍拍她的手臂，算是對她的一番鼓勵。

「每個名詞都有A與B兩種定義。」她遲疑地說。

「我知道，剛才你已經告訴過我，但重點是內容，A與B的詳細內容。」

她苦著臉，悄聲說，她不太記得了。

瓷碟裡的菸屍已經堆疊起來，我看看大概沒希望了。我一面叫侍者結帳，一面，望著她好像做錯什麼事的面色，我安慰她說：「沒有關係，記不起來就算了，你知道的，我愛你。」

頓時她彷彿想起什麼，她驚叫著說：「噢，其中一則是——」

（以下是她飛快地寫在紙上的文字。）

「記憶」：

A·將過去的斷裂與傷痛在時間中縫合起來的機制。是一種彌補的力量，有益於憾恨的彌補。因此，往事在記憶中愈趨溫馨與和諧。

B·意味著層層的欺瞞，以及明知是欺瞞卻還要繼續下去的那種欺瞞。每一次回顧，新的記憶便取代了舊的。因此，眞相也在記憶中愈趨分歧、紊亂、難以辨識。

「我記得的，大意而已，不是每個字都正確。」放下筆，我的女主角靦覥地說。

當時在燈下，輪到我大惑不解了，「嘖嘖嘖，如果是這樣一本書，有什麼好禁？」讀那幾行草草的字，我覺得頗費疑猜。

那時刻，我的女主角睜大眼睛望著我說：

「如果你必須二選一，A與B之間，你相信哪一種解釋？」

咖啡座裡，我又點起菸來。喝著侍者端來的咖啡續杯，我的女主角寫下她依稀記得的第二則。

「歷史」：

A·過去發生事實的記載，因此，代表著相信文字的記載爲眞，亦相信有一冊正統的歷史。而此一冊歷史的方向，與國族的集體命運有關。

B·眞相是沒有寫出來的部分。因此，歷史是一本失傳的典籍。而人們讀到的歷史，充滿不實的紀錄，目的是讓人們相信自己屬於其實不曾屬於的地方、擁有其實不曾擁有的主權。

讀者，看到這裡，你也許感覺到這類詰屈聱牙的定義頗爲枯燥；或者，你更誤以爲我在文字中故弄什麼玄虛。事實上，當時我像你一樣地蒙在鼓裡，不相信這樣一本不起眼的詞典竟然會被禁，而我逐步瞭解到禁書的理由，是與我的女主角攜手增補詞典之後。

那時候，我們為什麼揀起這乏味的工作，也要怪那一季漫長的夏日兩人無事可做。想像一本禁書的存在，卻為我們原本感性的關係添加上智性的刺激。抱著遊戲的心情，我們開始依循A與B的邏輯增補這本詞典。

後來，當我們一點點地發現其中的邏輯自成理路，我隱隱地知道，沈湎於這頭腦體操的我們，已經在文字所構築的世界裡——欲罷不能起來。

按照A與B的邏輯，原來，每個名詞都有雙重的定義。我們一一寫下對「童年」、「溫情」、「祖國」、「命運」、「文化」……的看法，甚至「時間」這個概念，亦可能有兩套截然不同的解釋。

更有趣的是，這雙重定義不僅相異，而且互斥。人們若相信A，就難以相信B也真確。譬如，以「命運」來說：

「命運」：

A·相信冥冥中有決定事物結果的某種力量，由於其不可避免，人們必須接受自己既定的命運。換句話說，人們的前程業已由過去的歷史決定，一切突破格局的願望皆屬枉然。

B·隨機且充滿變數。所謂命運，端看人們如何致力於翻轉過去的傳承、擺脫歷史的陰影、衝破既有的框架……而定。

再譬如，以「祖國」來說：

「祖國」：

A·意味著感情有所歸依的經驗。祖國之情，是人們最原始、最基本、最衷心、最熱切的想望。所有否定這種情緒的人士都可以稱作分離主義者。

B·意味著含糊的、武斷的、籠統的裹脅力量。通常以感性爲名，卻抹滅了對差異的關注。所有誇大祖國的向心力而無視於各種細膩區別的人士，都可以稱作沙文主義者。

讀者，我必須向你坦白承認，這本詞典愈趨完備，我們相辯詰的樂趣卻逐漸褪祛，後來一連串的發展實在出乎我的意料。

那時候，在冷氣機單調的呼呼聲裡，我躺在我的女主角身側狐疑著——難道禁書的理由正是，防止人們知曉凡事都有截然不同的兩套觀點？

即使以「愛情」爲例，在我們的詞典裡，A與B的定義也毫無妥協的餘地。

「愛情」：

A·人生最高貴的情操，洋溢著與對方融合爲一體的想望，具備無遠弗屆的包容性，愛情可以超乎時空的限制而臻至永恆。

B·即使有陷入情網的感覺，同時亦充滿懷疑，懷疑自己愛上的是其實不存在的東西。換句話說，懷疑是永遠的，而愛情瞬息即逝。

因此，我的疑難就像是，在非A即B的區隔下，我還愛我的女主角嗎？而更關鍵的問題是，即使愛她，我願意按照她對「愛情」的定義愛她嗎？事實上，令我吃驚地，不只攸關彼此感情的詞彙，所有的概念都可以二分到或A或B的範疇，每一件發生在我們周圍的事情，我都在猜，她又有什麼不同的看法。我不一定非要理清她的思路不可，但我愈來愈難以漠視雙方無從妥協的差異。

原來，不必爲自己的立場各執一詞，只要知道存在著完全找不到交集的兩套定義，這一點，就讓我們枕著彼此的臂膀，卻開始同牀異夢！

正因爲這莫大的扞格吧，到後來，我們顯然再沒有餘暇從事感情的交流，我們所有的時間都消耗在語言與概念的分歧之中。而我也於此刻醒悟到了，在混淆的大時代裡，曾經是矛盾與錯亂，讓我們在一起生活得何其容易……

我們的關係墜入了無盡的爭執之中：起先爲了有些字彙在二分法裡怎麼定義兩人相持不下，即使定義已經寫在詞典內，卻由於龐雜的別解又起勃谿。後來，兩人故意用各種文字的陷阱去羅織對方。再後來，當我們竭盡了所有詞彙上的歧義，我最終的懷疑是，她也發現到我所不忍心說穿的——原來，我們各自握著一本獨立的書，彼此互不相涉。

這些日子以來，我們無能爲力地站在對方那冊書的外面！

得出了這個結論，我一點也不覺得滿意，心底只是無比的空虛。我淒切地閉上眼，想著她的眼裡，可悲地……竟然映照著另一個我完全難以理解的世界。半天，我感覺到一隻手輕輕握住我的，我恍惚聽見我的女主角小小聲說：

「這一切，到底，與我們的感情又有什麼相干？」

於是我驚跳起來，這一剎那，我已經想通了某些書爲什麼非禁不可！原來在任何時代，自有充分的理由，禁絕某種書的存在，爲了我、爲了她、爲了未來的讀者，我們一定要銷毀這充滿歧義的詞典。

噙住眼眶裡的淚水，我執著她的手擦火柴，往瓦斯爐裡擲去，立即地，光焰在天花板上跳動。我們瞪著火舌把字紙吞噬，一張張地，成了細碎的灰燼。嗨，我們終於把禍亂的根源毀掉了。眼看火就要燒到最後一頁，想著這是多少夜晚腦力激盪的結晶——留個合作無間的紀念——在最後關頭，我們同時伸手去搶。那殘破的一頁，也被我們撕裂成兩半。各自手中，都是幾乎燒焦的半頁……

讀者，你想知道這個愛情小插曲的結局嗎？當然，有兩個，而它們恰恰相反，端看你拿在手裡的是哪半頁。

A的半頁上寫著：

爭執的目標是爲了和好如初，甚至更相好。因此，一時的分離只是爲了融爲一體的未來作準備，而這個故事的教訓是，雙方不該有分歧的存在，如果羅列著分歧的證據，那麼，禁掉這本書。

B的半頁上寫著：

人們因爲瞭解而分離，一旦看見了光明，就不可能再回復至黑暗的境地。因此，短暫的阻隔注定帶來永久的離異。而這個故事的教訓是，未來將沒有禁書的存在，原因是人們拒絕永遠無知下去。

烽火隨想錄

波斯灣戰爭正進行中。客廳裡，電視記者不厭其煩地在分析聯軍的優勢。戰爭的本質是……，我遲疑地停下筆。

戰爭會過去，小說人物卻比戰爭趣味多了。我一面在腦袋裡羅列戰爭中種種非理性的地方，一面不放棄地繼續想著我的女主角，這幾乎是我目前惟一能夠做的：抗拒戰爭的行爲。我想著她鼻翼上芝麻屑一般的細粒雀斑，我的女主角很少笑，但在她盈盈淺笑的時候，那些小斑點就在陽光底下一閃一亮。所以，戰爭的本質是……我又頹然放下筆。

而我的女主角，這分秒間，她彷彿就站在我的桌前，沒有什麼表情。我可以看見她向上抽動的嘴角，以及埋藏在右邊眉毛裡的一顆暗褐色的痣。其實，戰爭的氣氛下，她應該像〈戰地鐘聲〉中的瑪麗亞，浮凸在她臉上的陰影是瓜達拉馬山脈？或是更爲人熟知的阿爾卑斯山脈？不，瑪麗亞是健美的、明朗的，我的女主角卻是心情不會寫在臉上的東方女人。她的面色蒼白，惟一接觸陽光是她在窗前澆花的時刻。

事實上，我就是在窗前照顧花木的時候想到了我的女主角，我望著已經作了盆栽的變種扶桑，碩大到葉片不堪負荷的花朵，……北美洲暗淡的冬陽下，我好像見到她跪在地上爲室內植物打蠟，一片片雞心形的葉子，顯出細緻的紋理。我的女主角把它們一一擦拭乾淨，再換一方柔軟的棉布，爲長春藤的葉片上蠟。

此時，我的女主角跪坐在家裡的淺色地毯上，陽光照在她的髮間，由她耳際移轉，她把掉下來的髮絲又掠了上去。這一刻，我的女主角停下手裡的動作，想起打散了她生活秩序的事件：是耶誕節的時候，那時波斯灣的局勢尚在僵持中，她回到台灣。就在陽明山上那間高掛著她彩色結婚照片的卧室裡，床前的電話答錄機一下子出了故障。

當時，她胡亂壓著上面僅有的幾枚按鈕，錄音帶悉悉索索地前進又後退，返轉到底，居然放出來一陣女人的嬌笑。極熟稔的留話，語焉不詳，隱指著繾綣的前夜。

在驚惶中，我的女主角望著這間曾經熟悉的卧室，床邊一蓬蓬怒放著血色的緞帶花，火焰紋的壁紙好像要焚燒開來，就是在這張床上嗎？什麼時候的事情？我的女主角急急撥丈夫辦公室的電話。

「總經理在開會中，……」、「總經理在主持業務會議……」我閉上眼睛，想像我的女主角瞪著電話，跌坐回床沿上。淒迷的臉色，配上藏青的晨褸，以及山間的冬雨，哎，這個當兒，小說人物披著哪一件衣服有什麼重要？握住丈夫偷情的證據又有什麼重要？按著遙控器，我把電視機的聲音驟然放大，一名逃過邊境的伊拉克難民對著鏡頭說，一個炸彈下去就死了許多男的、女的、老的、少的。

所以，像我說的，戰爭確實攪亂我創作的心情，客廳裡的CNN終日開著。幾個禮拜下來，只要看螢光幕上的機翼造型，我就知道出轟炸任務的是哪一種聯軍飛機。

電視畫面提醒我，這個世界是在殺戮當中，殺戮還要繼續下去。戰爭的本質，我寫著，就是忘卻日常生活的秩序，讓我們期待驚人的景象即將發生！

同時，戰爭也令人血脈僨張。坐在書桌前，我只要聽到CNN播報最新戰況的片頭音樂：有一種鼙鼓動地來的聲勢，我就很難再去想像我的女主角正做些什麼、以及她應該要做些什麼！那時候在台灣，報紙的頭條還是貝克國務卿的穿梭外交、聯合國秘書長的權充解人，情勢令人失望卻並未絕望。我的女主角瞪著那台惹禍的答錄機，小紅燈一閃一閃，好像引誘她現在就去發現，裡面曾經記錄過多少男人的祕密？——那一天從早到晚，很不湊巧，她並沒有找到丈夫，想必男人是在重要的會議裡脫不開身。到了傍晚時分，我的女主角從答錄機裡卸下那卷包藏禍心的錄音帶，她已經決定要從長計議。後來，聽見丈夫車子駛進樓下的車庫，她反手關起鑲在壁間的電視，裹住毯子，她試圖發出均勻的鼻息。

再過幾天，我的女主角拉著一隻行李箱向登機門走去，那幾天北部正好有冷鋒過境，不停地下著迷濛的細雨。而她住家的陽明山上霧濕寒重，她也患了感冒。我的女主角吸吸鼻子，想著自己回到美國之後，等到感冒的症狀輕一點，再去思議究竟能夠做些什麼好了。我看見她踏上機場的活動履帶，陽明海運、肯尼士球拍、華玉牌手提箱……，我的女主角走過一排排廣告板，相逢自是有緣、華航以客爲尊……，而我的女主角當然知道，丈夫總用美國比台灣安全作爲理由要她待在美國，主要也是分散一部分財產的緣故！

丈夫的財產很安全，她當時想著卻禁不住苦澀起來——甚至安全到她沒有動用的權利。然而，她登上飛機的時候卻無從想像，這其實是一個多麼危險的世界！當她在太平洋上空，地球的另一半，沙漠裡已經揭開空戰的序幕。如今戰爭打得正烈，她低下頭思忖，而丈夫在意她的安全嗎？

那時候，離開台灣之前，我的女主角倒也掙扎了兩天——說不說呢？她遲疑著。臨上飛機的早晨，聽見丈夫像平日一樣起來淋浴，鬚後水的味道在卧房裡迴繞不去，她只覺得喉頭疼痛，呼吸格外困難起來。坐在早餐桌上，她接連打了幾個噴嚏，還是什麼都沒有說。

要她說什麼呢？餐桌那端的男人，臉龐刮得鬚青，打了條暗花領帶，即使低下頭看報，也有讓被豢養的妻子閉上嘴的一份理直氣壯。那時刻，面對著比自己強太多的對手，反而倒是即將回美國的事實讓她覺得心安無比。雖然到了美國，她心情又有些轉變，也許是戰爭，戰爭讓她有說不出的……勇氣，她很想要在戰爭期間做些什麼！

到底能夠做些什麼？——她停下手裡替葉片打蠟的動作，難道，砰地一聲摔門出去？不顧自己的安全？而安全，正是丈夫一定要她待在美國的理由！那麼，我想到女主角唯一的抗議方式或許讓自己瀕臨危險。此刻在華盛頓，我住家的地方，比較接近危險的地方是——嗨，只有美術館博物館，我想著那也是她最容易進去的公家機構。

電視上，美國如臨大敵般警戒著恐怖分子，阿拉伯暴徒偷襲，置放幾枚不一定引爆的炸彈，就是美國國內所能夠想像的戰禍。這戰禍與六七萬架次出轟炸任務的飛機，以及火光下一片焦土的景象比較起來，美國人的備戰，多像孩子的遊戲？——強弱懸殊的情勢下，我想到無論如何是不公平的遊戲。

於是，下一個場景，我見到我的女主角站在遊人很稀落的國家美術館裡，戒備比平常森嚴許多，三步一崗、五步一哨，她的那隻手提包也被傾倒出來翻查了幾遍。一間間展覽室她慢慢地逛。畢卡索那間，她看到一幅《格爾尼卡》的複製品，她站定了。畫裡有受傷的馬、分離的肢體、牛的下方躺著一名戰士、一隻手仍然握著斷劍、太陽中央有一個鎢絲燈泡、有人雙手高舉、原來掉進了火焰中、左邊的女人抱著稚子的屍體、赤裸著身子無力地跑著……

沒有流血、沒有嘶吼，沒有高昂的激情、沒有動聽的口號，只有零落的殘骸、只有無聲的驚嚇、還有硝煙中的女人，但是女人爲什麼那麼恐懼？——我的女主角十分不解。電視的鏡頭裡投下的是 smart bomb，連炸彈都那樣聰明，絕不致波及無辜的平民。

沒什麼意義地鋪陳一些繁瑣的細節，缺乏重點地表現並不連貫的情緒，以一名藝術工作者來說，能夠做的控訴只剩下這些了吧！我的女主角慢慢移動腳步。或許是我，我還在那幅畫之前失神地想著。

難以覺察出暖意的冬陽底下，我的女主角又從美術館走了出來。她所希望的未曾發生，這些日子以來，形狀很像爆炸物的郵包都不過是虛驚一場。電視上的分析家極具專業素養地說，哈珊不見得有能力在美國本土從事恐怖活動。原來，美國人的恐懼感也多是虛驚一場。那麼，對我的女主角，比較迫切的問題是，下面她要往那裡去？去捐血？——我想到她經常凍得發紫的臉龐，看起來不甚健康。而且，在這時候踴躍捐輸，無疑是鼓勵戰爭的行爲。那麼，或許她應該去參加近在咫尺的反戰遊行？——不要問鐘聲爲誰而響，它爲你而響。

反戰的行列裡有一面鼓，很有節奏地咚咚響著，在我冥想的時刻，我的女主角已經踱到白宮後門的廣場上。人聲喧嘩的場合下，扯著脖子上的圍巾，她小小聲告訴我，群衆讓她感覺到緊張。即使是這麼冷的冬天，她揉著鼻子說，她仍然不習慣人堆裡臭烘烘的氣味。

你應該站出來，挺身爲不合理的事情抗議，我不耐煩地打斷她。電視台的攝影車開了過來，鼓聲頓時響亮，人們舉高抗議的牌子。Blood for Oil?窮人替富人打的戰爭？我的女主角情急了，搖搖手，她說她只是覺得應該做些什麼，至於反戰，——爲什麼要反對戰爭？她偏過頭來問我。

「你剛剛看過《格爾尼卡》——」我要提醒她，《格爾尼卡》這幅畫的眞義，正是讓人分不清在裡面還是在外面，一個炸彈下來，卧房裡的東西翻到外面，大街上的東西弄到家裡，再沒有人可以置身事外。我聽見自己歎了口氣。我的女主角可不是海明威筆下的人物。海明威的天堂就是鬥牛場，作家的夢想就是在鬥牛場裡獨享兩個第一排座位；也只有海明威筆下的人物，因爲戰火驅迫而顯出生命的強度，我的女主角緊抿住嘴唇，因爲認命的緣故——認命她才會那麼鎮靜，顯出另一種優雅的姿態。

就像這次在台北，一位相士告訴過她：「你的婚姻能夠維持多久，端看你能夠忍耐多久。」

當時，我的女主角坐在那裡，緊閉住嘴唇，以致在兩唇間抿出一條青白色弧線。過了一會，面對相士審視的目光，她居然優雅地笑了。

沒錯，她坐在那裡想，她確實握有丈夫不忠誠的證據，問題是證據攢在手中，她又能夠做些什麼?她不是恐怖分子，從來沒有毀滅既有秩序的勇氣：在她的世界裡，強的永遠是強的，弱的永遠是弱的。下一分鐘，我看見我的女主角帶著飄忽的眼神，轉身離開示威的場合。回到家裡，取出蠟罐子與絲絨布，跪在淺色的地毯上，她又開始擦拭那幾張小小的葉片。

Life going on，布希總統說，生活還是要繼續下去，就像我的女主角，跪到地毯上擦拭葉子之前，她剛剛看過信箱，又接到一張證券商的通知。丈夫從台灣匯進來一筆款項。世界像個火藥庫的時候，男人尤其感覺惶惶難安，華爾街長紅的上禮拜，男人已經速戰速決，搶進了幾張美國軍火公司的股票。

戰爭還會繼續打下去，我走過客廳時，順手將聒噪的電視關起來。這時刻，我在紙上寫道，戰爭的本質，就是強者的勝利，而弱者必須妥協。除了看CNN軍事簡報的時刻，默默數著將軍胸前刺眼的勳章，一排、兩排、三排、四排、五排、六排……，身為一名缺乏行動力的寫作者，我又能夠做些什麼？

General Dynamics——我的女主角喃喃唸著股票買進通知單上拗口的名字——McDonald Douglas……開戰以來，這幾家軍火公司一路往上飛漲。在殺紅了眼睛的世界上，而我小小的秩序，就是每天早晨在窗檯上澆花，細數新長出的幼嫩枝芽。這時候，我習慣性地回身又打開客廳裡的電視，看見幾隻頭頂上沾了原油的水鳥，安詳地在汙染的海灣裡覓食，水鳥抖抖翅膀，牠們無懼地瞪著電視機的攝影鏡頭。

生命還是繼續下去。我攤開稿紙，繼續想像我小說中的女主角沒什麼表情的面龐。這一刻，殺戮正在進行，而我看起來無動於衷，試圖把戰爭變成爲平常的素材。那麼，我靜靜想著，這瘋狂的戰爭時刻，原本沒有人比我更酷似我的女主角……

愛情備忘錄

這一陣子，我愈發不能夠自已地想著我的女主角，想著她眉心處細細一條縱裂，不像皺紋，卻像一根不小心飄下的髮絲，爲她白白嫩嫩的臉上平添一股嫵媚的韻致。

回想起來，我的女主角說話的時候，總愛用手指去揉捏自己左邊的耳垂。我常常在想這種習慣是怎麼開始的，她怕羞，這個舉動，或許讓她自以爲遮住了她見了人就會發燒的耳朵。時間長了，耳朵也眞被她自己掐得疼了，她才突然鬆手。那片朝霞，卻從臉頰一直升到她的耳朵根。

那時候，她習慣作些神經質的小動作，包括好端端地蹙一下眉頭，包括受到小小的驚嚇就過度反應地拍著胸脯。看到她快速閃避的眼神……以及瞬息之間漲紅了的耳廓，那時候，我理所應當地認爲自己最有資格去捍衛她。

讓我狐疑的是，望著我的女主角帶著一絲不安的微笑，我會猜測地想，她只在敷衍我？她生命中還有別人？想到這永遠難以完全杜絕的可能性，那時候，我不自禁就妒火中燒。

事實上，愈感覺到她有應付我的跡象，我就愈想要爭取她的注意力。我恨不得大聲對她說話（愛情是具有強迫性的！），但我必須裝得格外溫存。我會柔聲說：「告訴我你的過去，還沒有告訴我的部分，」我壓抑下自己焦灼的心緒，盡量放低聲音。

她驚惶地瞪著我說：「不，不行，你會拿去寫小說的。」

我搖搖頭，現出無限誠懇的表情，鍥而不捨地，我對她說：「我想要瞭解的是你。」她遲疑地告訴我，她的過去不可言說，只要吐露了什麼，對她就是一種掠奪。

那時候的我，怔忡地，望著她好像掐得出水的耳垂。映著燈光，那小巧的肉墜別有一種鮮艷欲滴的蠱惑。

「講出來之後，也就消失了。」無視於我專注的凝視，我的女主角逕自幽幽地說道。

我卻正想像自己張開嘴唇，銜住她的耳垂，用舌尖輕輕撥弄，順著她凹凸有致的軟骨一路摩挲。

「怎麼有人能夠忍受寫小說呢？」那時候，她不解地問。

「小說，可以看出歷史的軌跡，看出既定的命運環繞著你和我。」嚥下口水，我決定審慎作答。

她止住了我：「我不是問這個。」

「小說是我最大的執著，」我急切地說，又更爲認眞地接下去，「除了小說，就是你，」不，我心裡這一刻正在否認，只有我的女主角，才是我最珍視的東西——因此，我深深害怕自己誤解了她，如今回想起來，讓我痛悔不已地，我終究還是失去了她。

就像是，她從來沒有告訴過我她的愛情故事。

「你啊，只是要重寫我的過去。」我的女主角冷著臉對我說。

「誤會我的意思了，我問你，是想確定一下，你沒有跟其他男人，像跟我，唔，有可能跟我，那麼好。」我訥訥地，聲調不太自然。

「怎麼有人自願告訴別人她生命中的愛戀？那是私密的感情，而這種事也能夠脫口而出的人，哎——」這時候，我的女主角是不屑的表情。

「哪有那麼嚴重？」我勉強搭腔。說著，自己卻好一陣子心神不屬。望著她頸間細細的脈動，我多想將我的唇齒壓上去，配合著她運氣吐氣。

她卻毫不知情繼續說：「眞的有人會把自己的戀愛故事點點滴滴講給別人聽？或者，鉅細無遺寫給別人看？」

我想像她頸間血脈的溫度，我咂咂嘴巴，一面努力地定下神。我依稀聽說，她經歷了一些滄桑，在過去的事情上，她堅稱，我注定無能瞭解她。

至於她的童年，我的女主角說她也不復記憶。她偶然自午夜的噩夢中坐起，臉上是最駭異的神色。她驚悸什麼，我從來都弄不明白。

白天，她同樣地鬱鬱寡歡。那時候，她蹙著眉頭，常說看見了濃鬱的烏雲，讓呼吸難以順暢，大片陰影的籠罩之下，她深怕自己不能翻轉命運，她哀哀地說。

可憐，骨子裡還是個迷信的女人，那時我這樣想，也難怪自己要替她擔心。就爲了她好的緣故，我不肯放過任何勸諭她的機會：

「走出封閉的自己，你少的是一份歸屬感，要關注歷史的大方向才是！」

立即地，她皺著鼻子反唇相稽：「我最討厭你這種虛張聲勢的修辭法。我感覺被你逼迫到了。」

那時候，我們之間確實有隔閡的存在，這只是一個例子。事實上，對許多事情我們的意見歧異，但多是她在排拒我，把我推得遠遠地。當時，我總體諒地想，她的問題在於孤絕久了，以致再不肯將自己與許多明明有意義的大方向連綴到一塊。

回想起來，那時候，我就是這樣地充滿了包容的心意！

多少次，我都好脾氣地將我自己當作範例，告訴她我心底紮實而深沈的感情。我會用唱歌一般擅於表達的聲音說道：「你知道，即使當我在描摹你的時候，我都把你與寬廣的河面、俊逸的山嶺、剛健的人民、春天第一道溪水的淙淙，以及四季裡泥土的香甜滋味……連成一氣。你也不應當自外於這宏大的視野。」

聽了聽，她就會突然打斷我。抬起頭來，她簡直像在強詞奪理：「可是，你這種情感裡面，混著些曖昧的東西，就像你自以爲的善意之中，可能有明目張膽的殘忍！」

我很想要發作，考慮了半晌，決定再隱忍下去。盯住她因爲提高聲音而血行暢旺的面容，對我是一種詭異的美感。我想像她的耳垂將被我咬嚙成爲深紫，上面將有一排暗青的牙印，有一顆的痕迹特別深刻，那是我包銀的義齒。

鹹濕濕的快意在我口腔裡迴盪，讓我悄悄地亢奮起來。那時候，我卻提醒自己格外要有耐性、格外要諒解她一時轉不過來而褊狹的心思。

當時，我捲起舌頭，溫文地說：「你之前必定受了什麼委屈，」我笑著又接下去：「所以，即使對別人是自然不過的感情，對你，在接受與表達上，往往很困難。」看著她小巧的耳輪，彎轉成一抹潮紅，我禁不住又充滿遐思……如果她在我強壯的胸肌底下，感覺到我的唇齒，她遲早會呻吟、會呀呀地喊出聲來。想著，我禁不住忘情地說道：「發抒出來，伏在我的臂彎裡哭一場吧，過去的種種虧欠，我們攜手來彌補。唔，當然，重要的永遠是未來——我們共同美好的未來。」

「不要，不要，」她漠然的聲調，澆下了一盆冷水。她淡淡地說：「你都是站在你的本位上想當然爾，你不瞭解眞正的我。」

那一刻，我再度爲自己因著愛情而顯出的彈性感到驚訝，我簡直是卑屈地對她說：

「啊，不要強調你與我的分別，你原本屬於我，一度自我的生命中斷裂了出去，我的心裡，從來沒有忘情於你。你看，就像我之前的作品，未嘗遺漏過你。之後我的作品，我保證，必定會把你的經驗包括在其中。」同時，我正在想像，用我飽滿有力的胸肌壓住她。這一刻，我的唇齒滑過她的脖頸，沿著汩汩的脈動，我向下搜尋……

而她完全沒有聽見我愛情的誓言，好像已經預知到所有的抗辯將歸於枉然。

我卻寧願繼續我頭腦裡的畫面：她喜歡、她在享受著、她最多是欲拒還迎，我想著她在我的身體底下不住地抽搐，聽見她口裡發出呢喃不清的鼻音，合著我喉嚨中呑嚥的動作……

當時，不知道是否被我自己這份無怨無悔的愛心感動到了，劇烈的身體動作裡，我充滿激情地自言自語：

「我可以等，五年、十年，你一定要是我的。」

到後來，聽見自己喘氣的聲音漸漸平息，咂著口裡最後一絲腥澀的滋味，我不忘記深情地向這個世界宣告：

「從過去到未來，我們的命運糾結在一起。你屬於我，你與我不可或分！」

那時候，垂掛下失血的頭顱，她的眼眶裡，盈盈地浮出一顆清淚。

我的讀者，你會說，這個結尾，我還是操之過急了。

你若是位很細心的讀者，或者你會說，爲什麼不慢慢地來？既然我與我的女主角之間進行的是一場意志力的鬥爭。

我曾經那樣堅持，只要我專橫的意志堅持下去，那就是不朽的愛戀！

而我的堅持就像是：每分每秒，我愈發不能夠自已地思憶我的女主角。心心念念想著她的時候，我的女主角大概又過度反應了：當時她漲紅著小臉告訴我，我對她……那麼的欲罷不能，她皺著眉頭說，正像一份強大的力量對弱小的覬覦……

欸，欸，這般假想太可怕了，欸，我的讀者，如果你也對我不太苛刻的話，你就應該體諒到，其實，人世間的情感都有曖昧的成分；而所謂吸引力，當兩造的勢力並不均等，便存在著誤解的可能性！

我的讀者，無論如何，談這些可能性都於事無補，小說裡最關鍵的問題還是，我確實在不該急躁的時候卻急躁起來，愛情故事結束之前，我變得妒嫉不安。

我懷疑她會愈漂愈遠，夜色裡，她的倩影在波濤中愈縮愈小。於是我焦慮地極目張望：正像一塊偌大的土地，對一個小島的召喚——我還抓得住她嗎？不，我絕不能夠放走她！我承諾過……給她一幅幸福的遠景。喔，我多麼愛她，這瞬間，我忍不住地把唇齒重重地壓下去。

直到今天，我知道自己仍然苦戀著她，用我滿腔的浪漫、最大的善意，與無以名狀的癡迷。

天災人禍公司

你想想看，如果索馬利亞與塞拉耶佛都不是眞的，只存在於世界新聞的畫面裡，那是多驚人的一場騙局？

1

「敝公司的傑作！」

當時，我在所謂的災區，見到這家大企業的負責人。他笑咪咪地向我解釋，爲什麼把四處募集來的物資倒進大海裡，救濟款項自動移花接木，成爲災難新聞片的製作費用。他面有得色地繼續說：

「怎樣猜不到呢？遙遠的天災人禍，恰恰是我們幸福生活的保障。」

2

在那之前，什麼叫做幸福？我曾經模糊地想過……

3

每逢周六傍晚，由我所播報的《一周新聞集錦》中，穿插著災變的最新消息：通常發生在偏遠的小島或者外人罕至的山區。少不了地震、乾旱、颶風、礦災、兵災以及突然肆虐的惡疾。新聞稿上，世界的角落血流成河，某些地方的屍骸堆積如山。我只是照著公司準備好的字句宣讀，攝影棚的強光下，我也知道應當保持鎮靜，然而，我是敏感的人，這類的消息免不了影響我的臨場情緒。

因此，我嗓音微微有些瘖啞。接下去又要勉強打起精神，我得要繼續報我們的花季、我們的春天、我們的音樂節……。半個鐘頭的時段結束之前，我照例會說：「謝謝收看，祝各位有一個幸福的星期假日。」

等我回到家裡，與孩子們一起窩在沙發上看重播的新聞畫面，我的心情依然隨著災區的實況而動盪不已。

由那家「天災人禍公司」所供應的電視影片中，遙遠的災區如在目前：龜裂的土地、枯竭的水源，傷者游絲般的呻吟、垂死前枉然的幾番掙扎，刺刀、子彈、舉起而又頹然放下的手勢，頭上被鮮血浸透的綳帶、掛在樹枝上的一截大腿……，坦克輾過的馬路上，站著一個找不到母親的小孩，泥濘的臉孔上滿是驚惶。瞪著螢光幕，我的小女兒哇的一聲嚇哭了，一頭鑽進我懷裡。

拍拍女兒瘦伶伶的胳臂，我低聲安慰她。抽搐著窄小的肩膀，女兒仰起臉來問：「怎麼這樣可憐？」

她的哥哥立即從屋裡搬出了他的豬撲滿，倒出其中的銅板，扳著手指頭一枚一枚的數。表情異常嚴肅，說是要捐到災區。

女兒哭哭就睡著了，爲她揩乾淨腮邊的淚痕，我望著那張原本不必知道憂愁爲何物的小臉，此刻，睫毛底下輕輕跳動了幾下，顯然她睡得並不安穩。

我不禁嘆了一口氣，抱她回房間。

4

等我漱洗完了躺在牀上，腦袋裡還一幕一幕輪轉著剛才夜間新聞的災難鏡頭。我拉高毛毯，身體卻不自覺往雙人牀的中間靠，直到貼近了丈夫寬闊的胸膛。

「嗨，你知不知道？在遙遠的地方，最近又發生了好可怕的事！」嘴裡咕噥著，我的背脊需要另一個人熱乎乎的體溫。

丈夫睡意濃重地嗯哼一聲。

推推他，我話沒說完啊，我小小聲地，輕的像在丈夫的耳朵邊吹氣。我繼續說：

「萬一，萬一我們正在那樣的地方呢？」

嫌我囉嗦吧，他又嗯哼著翻了個身，順勢把我壓在底下。

我閉眼，感覺到身體內部漸漸浮現的欲念。彈簧牀動了起來，戰鼓咚咚地敲，野火燒著，死傷枕藉的烽火燃燒在天邊？

又好像陷在快沉沒的小島上，整個人往鹹黑的海水裡掉、一寸寸地往下掉落，盼著波浪把我從容地推向下一個高峰。但是我立即又狐疑起來：爲什麼呢？即使沈溺在歡愛的臆想之中，籠罩我的，仍是與此刻毫不相干的天災人禍。明知道發生在遠方，我的眼前，祛除不了災難的畫面。

那一分鐘，身體裡的欲念益發渴切了。

5

你一定知道，除了新聞節目中的災情，我們處身的是一個近乎完美的世界。人與人之間的壓制已經絕跡，出身、階級等等曾鑄造過悲劇的分類方式都是過時的字眼，我們對傷風感冒永遠免疫，靠著電腦系統零故障的操作，全面掃除了偶發性的交通事故。

換句話說，每個降生下來的嬰兒都將長成一百歲的人瑞：唯當器官自然而然地衰竭，人們才含著笑從容地死去。即使遺言也大同小異，不外乎用生前哪一張放大照片掛在靈堂、選中哪首曲子作出殯的喪樂等等。

少去可能打破一切秩序的意外事件，人生按照計畫依次進行；每個人都找到最適合自己的工作，公餘享受舒適的家居生活：事事順遂的人生裡，就連算命卜卦都成爲古老的名詞。

6

七點三十分，在我那間瀰漫著咖啡香氣的廚房內，兩個小孩很準時，正對著電視畫面用早餐。

晨間新聞裡，關於災區的報導常是一連串特寫鏡頭：飢民伸出乾癟成枯枝的雙手，災區的兒童搖晃著一個個特大的頭顱，眼眶剩下兩粒黑洞，露出了骷髏的形狀……

幫她提著書包，我對一向愛挑嘴的女兒說道：

「再不吃啊，下回，看你瘦到跟那個小孩一樣。」

小眼睛駭異地望著電視畫面，女兒果然加快了仰起脖子的動作，認眞地把一大杯牛奶咕嚕咕嚕喝完。

送孩子們出門後，我彎下身子，照例撿他們扔了滿地的玩具。照例地，我也會喃喃自語地唸：

「應該讓這些幸福的小孩去災區過幾天！」

口裡嘮叨著，我卻慶幸地想，幸虧，災區遠在天邊，禍患怎樣也不至於蔓延到我們滿鋪著鮮花的社區裡來！

7

問題是，眞的那般遙遠麼？

拂曉的片刻，我的眼皮上已經躍動著游移的光影，分明就要醒轉。前一秒鐘還很清晰的夢裡，我感覺到正朝我一寸寸迫近的災難。

我多麼想要趕快醒來，而我又多麼害怕睜開眼睛——萬一醒了，發現夢境成眞——我處身於災難當中？那麼，我寧可這是一場夢，這一刻多麼可貴！就這樣延宕下去，暫時不要醒來……

當時，我怔忡地在想，最讓我珍惜的幸福之感，難道只存在於噩夢的邊緣？半睡半醒的縫隙之間？

許多時候，你會不會像我一樣？無端地驚疑著……似乎是太理所應當的幸福！

8

災區遠在天邊，我們又很實際地生活在它的陰影之下。

其他的問題早已獲致共識，我們的政客在議事廳裡爭得面紅耳赤，只爲辯論哪一種運送救助品的方案更有效。儘管都是遠水不濟近火的餿主意，但可行性仍有程度的不同，這就是政見發表會的主要內容。

綠地如茵的廣場上常常招展著救災的旗幟；數千人動輒牽起手來，說是要圍成一個慈善的地球；要不，一人拼一塊方形的碎布，連綴成世界上最有愛心的花被面；歌星在青草地上引吭高歌，共襄盛舉這大規模的義賣活動。

國際影展的頒獎活動中，不約而同地，熠熠紅星舉起手裡的金像獎，遙想的都是遙遠的災區：那兒有失散的家庭、嗷嗷待哺的孩子、難以治癒的絕症病人。說到激動的時候，晶亮的眼睛裡飽含淚水，露在晚禮服外面的胸脯急速地起伏。晚會壓軸的是一位祖母級的超級巨星，危顫顫地走上台來接受「終身成就獎」。由於曾對災區付出無遠弗屆的同情，她的面孔閃爍著高貴的氣質，歲月的刻痕像是一行行悲憫的印記，這剎時間，也喚起了觀眾心裡至為聖潔的情操。

9

什麼叫做幸福？不瞞你說，我是有不確定的時刻……

在我自以為知覺到災民苦楚的剎那，折射的淚光，好像太陽一曬就會消逝的露珠，短暫地爲我映現出海市蜃樓般的往昔。那一年夏天，我多麼專注地愛過一個人，爲了不可能繼續下去的感情，我禁不住用頭去撞牆，直到撞出了一條條的血疤。當時，青稚的心裡，我以爲那叫做——啊，至死方休！

我出神地想著那種瀕臨極限的情境，喔，大難臨頭的感覺，生死一髮的分秒……，眼睛一瞬也不瞬地瞪著螢光幕，其中有神秘的淨化力量，那也是愛情的顛峰經驗。當我……只能夠在災難的鏡頭下重溫舊夢，那麼，我狐疑地想著，眼前一成不變的日子裡，我當眞獲得了幸福嗎？

10

再往下，讓我略去許多無關緊要的細節，告訴你峰迴路轉的發展：關鍵是我親身去過一趟災區！

當時人們閒言閒語地，謠傳我對一年一度新聞界「最佳××獎」的頒獎儀式感到厭倦，謠傳我立意改頭換面，做個線上的採訪記者。其實，我自己很淸楚，只是心裡的一番悵惘，或者說，對幸福還懷著幾分不懈怠的尋求，讓我跟隨遠方若有若無的笛聲，一路來到災難發生的角落。

你對幸福的瞭解有多少呢？可知道我在說些什麼？接下去，我就要告訴你最無以置信的場景：你相信嗎？你會相信嗎？當我排除萬難，經過各種險阻到了災害現場，沒有天災、沒有人禍，我從一堆人的臉上看見的只是煩悶與無聊。風和日麗的氣候裡，塵絲在迷茫的陽光下飄飛著，極其詭譎地，我想到了停屍間的乾冰——死了，要用哪一張照片掛在靈堂？

我望著那些僵冷的面孔，唯一的分別在於——這時刻我已經恍然大悟——天涯的盡頭，沒有一家「天災人禍公司」為他們剪輯遠處的新聞影片。

我靜靜打著寒顫，眞的見到了臆想中的災區，對於我原本有可能深刻起來的人生以及有可能獲得幸福的日子……都將造成無以預見的損失！

一路向後退，我急忙閉起眼睛，護持著腦海裡關於災區的意象，我像是小心翼翼捧住一件易碎的瓷器。

若去質疑那不容懷疑的情境，怕的是，包括我最寶貴的……關於初戀的記憶，也將變得無所附著起來。

11

接下去你就都猜到了：他們輕易說服了我，我心甘情願地加盟，成為「天災人禍公司」

的一位成員。無論如何，我多年來從事的主播事業，早已與本公司爲穩定社會所作出的貢獻相得益彰。

我的工作內容大抵還是照舊：繼續報導遙遠的災區，複誦令人變色的災情。口裡唸著我們公司無遠弗屆的新聞稿，唯一的不同在於：此刻，想到其中必須保守的秘密以及因此帶來的幸福之感，我會眞情地落下淚來。

12

騙局？如果你還認爲前前後後是個騙局，或者，你認爲我所說的純屬無稽，那麼，讓我坦白告訴你，你始終沒認眞想過什麼叫做幸福，當然，也並不知道珍惜就在你身邊的幸福。

虛擬台灣

下一次，我要重新改寫那篇當年寫過的小說，如同你再玩一次這個曾經玩過許多次的遊戲。每回，坐在螢光幕前，你就努力想要記起來，有一次，你誤打誤撞，按了幾枚什麼樣的鍵？

1

Enter……

2

耳機中傳來身歷聲的序曲，好像一張張翻開的骨牌，氣氛萬鈞的音樂裡，螢光幕上顯現一排排立體字幕：

二十世紀末，冷戰結束，蘇聯解體，世界秩序處於重整的階段……。

你端起咖啡杯，喝了一口。手裡按下「快速前行」的鍵，將這段熟透了的歷史背景趕緊略過去。

你瞇著眼，看光影閃動，字幕飛快地跳到最後一段，畫面才頓時定住：

本公司榮譽出品「虛擬台灣」軟體，引導您穿越時空，返轉至每個人心裡最牽念的一刻，那是攸關此地命運的風雲時期。

3

前奏後，過場有一小段合成音樂。萬花筒般的碎形圖案，拼湊出等待拆閱的信封，遊戲正式開始！

信封裡跳出了一連串問號，好像牽著手的豆芽菜，第一個問題是：**躍回哪個時期**？

要找到一處歷史的裂隙，鎖定它作爲時光隧道的入口，才能夠循序漸進，一步步走入歷史……。

眼睛瞪著螢光幕，你隨手按下一個鍵。

面前浮現了紅帳幔的廳堂，你很快認出那是中山堂。一九八七年十二月二十五日，日期顯示在左上角。你移動滑鼠，視角改爲俯看，無限度接近司令台，台上蔣經國特別稀落的左眉底下，左眼裡一片死魚般的灰茫，瞎了？一隻眼睛全瞎了？還是兩隻眼睛快看不見了，隔一段距離，你都看得見蔣面前斗大的字，你喝一口咖啡，試圖趕走腦海裡陰鷙的氣息。「各位代表先生，今天我們……」蔣正準備開始致詞，坐在會場中央的十一位民進黨代表突然起立，右手握拳高高舉起，有節奏地連續高喊：「全面改選！」「全面改選！」……喊了十聲，在靜肅的會場上，聲音出奇的沉著宏亮，似乎沒有人知道應該如何應變。那瞬間，人們的目光集中在蔣經國臉上，你移動滑鼠，視角愈發逼近他的前額，令你驚動的是他半睜著的一隻眼裡全無表情，祇是累極了似的要閉起來。

你還想要繼續看下去。旋即提醒自己，你進入得嫌早了，選擇時空的這一點作爲遊戲的入口，將要耗費許多時間，才能夠從歧路裡繞出來。

你噓了一口氣，再按「快速前行」的鍵。

時光繼續往前飛奔，從螢光幕上一閃即逝的連續畫面上，你看到李登輝站在那裡：強有力的肢體語言，那是一九九六年初鬧熱滾滾的總統選舉，「飛彈愈打愈旺」、「看到我們吃米粉在喊燒」、「中共在那邊亂打槍，連泉州的媽祖都住不下去」……面對中共的強勢，他「隨時用比較粗的話削下去」，果然以壓倒性的優勢贏得選舉。再喝一口咖啡，你緩緩鬆開按鍵的手指，差不多了，關鍵的時刻近了，你要在此時此刻切入歷史。

畫面靜止下來的一瞬，豆芽菜又出現在螢光幕上。跳跳蹦蹦的問號停在你眼前，你的選擇是：

——「史實取向」？

——「虛構取向」？

你點點頭，當然是「虛構取向」。「史實取向」，就是按照發生的實情一步步演繹，關鍵時刻也只能做枝節的改變，那可多無聊！眼前這個遊戲的趣味正在於不按牌理出牌，可以把現實顛倒過來，策略尤其要出奇制勝：不必讓那衷心害怕的結果發生，祕訣或許只在搬動幾枚重要的變數。

上一回，純粹爲了消磨時間，你買過一套「虛擬中國」軟體。同樣地，你循著「虛構取向」進行遊戲，當你把鄧小平的死期延後五年，江澤民的位子坐上朱鎔基，……這樣亂搞一通，哈哈，太好玩了，老母雞形狀的帝國版圖自我消解成一窩吱吱喳喳亂竄的小花雞啦！

接下去，螢光幕上又是一個問號：

——「**人物決定**」？

——「**事件決定**」？

我們台灣，怎麼說都是人治的地方，你動動滑鼠，作下以人物主導歷史方向的選擇。

4

事實上，人的因素一向很複雜。時光隧道的這一點，你選擇進入的時刻既然在總統大選過後，面臨的一個問題正是他將找誰作閣揆？另一個更關鍵的問題是閣揆等於未來的接班人嗎？

問題更是你看好誰？你願意讓誰加進來一起遊戲？

螢光幕上，好像模特兒的選美活動，旋轉著正面與側面的頭像，依順序出場的是連戰、吳伯雄、蕭萬長……你把滑鼠推推，視角更近了，特寫鏡頭裡，有的做過眼袋割除手術，有的鼻子裡翹出幾莖黑毛，有的臉上浮著一團油光，除了這幾位政壇上的重量級人物，又出現了陳水扁的口卡介紹，說明他才是不分黨派、買一賠十的黑馬！

選中誰做接班人，試著再按鍵，眼前立即顯現此人的詳細資料，包括年齡、學歷、經驗、家世、財產、社會關係等等。

你一個一個人選端詳。咖啡冷了，就有酸澀的炭味，你放下杯子。面前枝蔓相連的人脈網絡讓你覺得不勝其煩……

恰似小學生做功課，已經進入遊戲，只得一個一個問題回答下去。

5

你隨手把桌上一小包五顏六色的藥丸塞進嘴裡，一陣甜滋滋的芳香，精神更爲振奮。新的品牌進步多了，嗑了即時顯出藥效。

你玩到信封裡第三個階段的問題。

螢光幕上出現的是分割畫面，你要決定「**此時此刻外來的影響**」。

「日本」？「美國」？「中國」？……他們哪一個對當時的情境最有發言權？

當然是「中國」，你很無奈地按了一個鍵。

下個瞬間，一大幅中國分省地圖伸展開來。幾個軍區用顏色深淺一一區隔，看得出北方重兵正移向南方，戰略中心隨即往東南半壁傾斜。地圖右上角的問題是：

——「**哪個軍區將先行下達指令？**」

你心中其實沒什麼定見，只是跟著箭頭機械性地按鍵。

大陸與島嶼之間現出了水狀的波紋，將鏡頭拉近，一艘掛五星旗的導彈驅逐艦「湛江號」，正在險峻的海域中破浪前進，時而閃現時而消失的十字標幟，顯示著出沒無常的潛水艇。你數數，好傢伙，居然有九十幾艘。

同時天空乍明乍暗，蚊子一樣細小的光點代表飛航中的蘇愷二十七，根據分割畫面中的標尺，小蚊子飛得又高又快。近海的基地上一排排綠頭蒼蠅，起降頻繁，那是伊留申運輸機。……你一面調閱螢光幕右下角各種軍事情報，一面推移手中的滑鼠布陣。我們這邊的防空設施以天弓飛彈與鷹式飛彈陣地爲主，你可以調集的部隊總共有三十萬陸軍，二二六師依舊戍衛京畿，海軍兩個驅逐艦隊左右護法，空軍青黃不接最令人擔心，幻象將分批抵達……IDF與F—5E戰機恐怕沒什麼機會升空對壘……事實上，逼眞的沙盤推演，正是這類「虛擬實境」遊戲的賣點所在：拿著滑鼠就隨時坐進駕駛艙，開偵察機深入對方的陣地；你也可以走入指揮中心，在簡報室裡瀏覽台海上空的通訊情報，或者對著雷達幕導引飛機升空……

你的玩興並不怎麼高昂，這種打電玩式的親手操作，好像小孩子的遊戲，雖然如臨實境，你總認爲非關宏旨。目前正處於向結果推進的時分，你寧可審愼地決定周邊的情況，愈瀕臨最後關頭，牽一髮而動全身，影響大局的因素益發細瑣紛雜：政壇內黑金勢力結合由來已久，山坡地、圍標弊案、治安惡化、合作社超貸等等好像定時炸彈，你準備讓股市突破多少點？穩定基金由誰繼續操盤？摩根史坦利是否將成爲源源不斷的「利多」？……你必須爲突發事件做政策面的選擇。

每次玩到這個階段，你就緊張起來，按鍵的幾隻手指，黏答答地滿是濕濡的汗意。如果你不小心按錯了鍵，再也不能夠回到從前，回到來得及作出正確決定的原點上！有幾次你一個分神，當時也應該怪自己「進入」的時間太晚了，你闖進的竟是二十一世紀的台灣，於是你看到當年那位意氣風發的總統——怎麼樣在落日餘暉裡——成爲憂心忡忡的老人。

他老了，老年本身就是漸趨孤寂的過程。

螢光幕上的字幕告訴你，前第一夫人腦中風五個月零六天之後，闔上她淸澄無波的雙眼，剩下八十幾歲的鰥夫在世間踽踽獨行。喪妻的悲慟吧，老人因爲愁慘而扭曲的目光，似乎無法正視台灣島的光明前景。這時候你如果移動滑鼠，像他一樣地細細看，確實發現到一些令人不安的訊息：譬如在台灣「小人國娛樂世界」裡，中間安放的竟然是袖珍的天安門廣場，恰似當年香港作爲都市地標的「置地廣場」，曾在被收入版圖三年三個月零三天之前，警兆式地插滿了三面殷紅色的五星旗。

有什麼值得大驚小怪？你皺皺眉頭，在你恣意進出的時空裡，你早就佇立於南台灣一百三十六層的摩天樓上，看過懸掛五星旗的船隻進出高雄港的盛況。要知道你可是打電動玩具長大的一代，與老一輩的歷史經驗存著不可跨越的鴻溝，然而坐在螢光幕前，你習慣於貫注精神投入眼前的遊戲。靠著巨細靡遺的視角，你掃描到老人疲憊又倉皇的眼神，當你的視角與他的目光合而爲一，在這「虛擬實境」的光景裡，你不由得感覺到淒淒的宿命之感，老了，快要結束了？你在心中隱約有些不捨。

他的思緒在往事中纏纏綣綣地徘徊，一晃十年，當時他站在總統府圓形的陽台上，望著不遠處的新光大樓，夜晚的霧色裡彷彿折斷了的天梯；還有那高高飄在雲端的「遠企」，珠簾般的燈光垂掛下來，讓人想起天上宮闕。多麼寂寞啊，有一種細細的悲涼，他從窗帷後面看出去，映入眼底的是閱兵時候的司令台，壯盛的軍容，一致的步伐，都要過去了嗎？靜謐的黑夜中，他嗅到硝煙的氣息，無論白天在衆人前怎樣強撐信心，到了夜晚，他依稀覺得好景難再。多麼地千鈞一髮，就在絕望的谷底，幕僚凝重的目光中，接到那通電話，話筒裡傳來令人寬慰的好消息，那是美國兩艘航空母艦的最新動向。

當時，作爲電腦公司的小職員，如同身邊正忙著買白米換美金的朋友一樣，你也放下了惴惴不安的一顆心。感激的心情下，你恨不得登上人家的航空母艦去瞻仰一番，想像中，甲板上停滿各種機型，「大黃蜂號」、「熊貓號」、「入侵者號」……就從那時候起，爲了熟悉這些生動悅耳的飛機名字，你捧起《珍氏武器年鑑》，像走進糖果店的孩子，發現了一個即時可以得到滿足的世界。所有的問題在最短的時間之內迎刃而解，你需要那登峰造極的快感，然後緊張才能夠鬆弛下來。你趕緊移動滑鼠，飛彈瞄準目標、戰機準備升空……多媒體的畫面上，聲光音效交織加乘，將是一場海陸空聯合戰役。還是再嗑幾顆藥吧，你可得打起精神，定音鼓的節奏由緩而急，預示著謎底即將揭曉，此刻已經接近最後的決戰場——

每當這個時候，你的心跳加速，你捏住滑鼠的一隻手，微微地抖顫著。在關鍵的時分，祇要給錯了一個指令，此地的命運可就走上萬劫不復的分叉路。發生在海峽之間的戰事一旦失控，別說你身家性命的島嶼不保，今天的地球上，還有一處不被災難波及的地方嗎？

螢光幕上光影閃動，情勢一幕緊似一幕，這瞬間，你情急地頻頻吞嚥唾液，旋即又覺得唇乾舌燥起來。你口渴，你需要再多嗑幾顆藥丸。而你確實記得，有一次，僅僅有一次，你不記得自己給了一連串什麼樣的指令，你的小島驚險萬狀地……不只安然地躲過那場可怕的浩劫，還在戰爭的邊緣浴火重生，從此漂出險惡的水域，就像在遺世獨立的水澤，開出一朵安詳自在的蓮花……

那潔白的瓣片裡輕薄如翼，難道是嗑藥過度的幻覺？是的，只有一次，你清楚記得，所有的問題一併解決，儘管祇有微乎其微的成功機會……，然而，那是你繼續玩下去強烈的誘因，一次一次，你要在瞬時之間一舉扭轉全局，只須重複那按對了的指令……

6

Enter……

手稿

1

顏玉來見我的時候，她正急於找到那多頁手稿。閃著倉皇跳動的眼睫，她告訴我手稿裡是一卷關於遺忘的故事，墨跡猶新，也是這些年來她的心力所寄。其中包藏了太多秘密，當然不僅僅是她個人的秘密。她個人微小的秘密，她說，在那巨大的歷史變局之前，倒也算不了什麼。

那年是西曆一九九〇？還是一九九八？——她困惑地抬起頭來問我，她是說，手稿遺失的時候。那之後，她的年月就完全混淆了起來。顯然又過了這些日子，——唉，她掠上去幾綹掉下來的頭髮，歎了一聲，順便用手背揩去額上的汗珠。後來，在我的回憶裡她蓄著齊耳的短髮，穿件看不出新舊的卡其裙子。那包手稿，她說，尚未遺失的時刻，就緊緊夾在她汗漬漬的腋下。

自從手稿遺失之後，毋庸說她多努力地想要記起手稿在什麼情形下遺失的：飛機在跑道上著陸？還是，步出海關的剎那？她皺起眉頭認眞地告訴我說，她想，科技的進步已讓人們不動聲色地讀到她夾在臂膀底下那卷手稿。然後，她閉上眼，眼裡是絲絲的慘然，她低聲說起許多年前離開台灣，爲了一盒錄音帶就要在海關人員面前翻箱倒篋的那種騷亂。「他寫給我的一張小紙條，也弄丟了。」她遺憾地咬住嘴唇。許多年後再步入機場，她站在滑動的履帶上，兩邊牆上展覽著長軸山水，一回眼是墨色的大片玻璃，映著濕漉漉的光影，巴士、小轎車、亮著空車標幟的計程車在下過一場雨的地面上無聲的滑動。那時候，她記得，她眨眨眼睛說，她的腋下還夾著那卷手稿。

2

我的想法是這個說自己叫顏玉的女人大概瘋了。那時候的我，正在一家報館裡的副刊版面作文字撰述。上班的時候，各色人等雜坐在一間特大的辦公室。這間四面都是落地窗的屋子裡，上百張桌子並列。向晚時分，桌上與地下攤著白天的報紙、便當的竹筷、沾滿了油墨的大樣，以及揉成一團的草稿。第二天，打開報紙，看到的是一張潔淨而且黑白分明的版面。

坐在電話鈴在噪音之間起落的辦公室裡，點上一支菸，我望著滿碟子的菸屍，桌底下已經向外滿溢的字紙簍，斑駁的筆跡、踩過的腳印，牆上的柵口呼呼地搧送冷氣，將桌上的紙張掀翻起來，一頁頁颳到了地下。然後，走過的人踢跤著，一腳踹進竹簍子裡……瞪住即將進入焚化爐的字紙，我突然想到那多頁手稿，女人說她丟掉的那一卷記載著她愛情的手稿。而我多少可以瞭解她爲什麼前來找我，事實上，由於我的背景——儘管這些年我所做的正是逃離我的過去——我與當時主流的什麼什麼一概很不搭調，充其量，我寫一些塡充版面、卻又無關痛癢的小說。

「這是什麼？」主任嘸著杯子裡的即溶咖啡，喉嚨咕嚕幾聲，指指我小說的第一個章節。

「告訴過你多少次，心裡要有讀者。你這樣寫法，每天買報的讀者不是吃虧了嗎？」半滿的杯子，在桌緣劇烈地晃盪起來。

我瞥了幾眼他翹在桌邊不住顫登的二郎腳。頃刻間，這生產線一般的廠房裡，我想的是顏玉臉上彷彿迷了路的那副表情……

我推開椅子。「媽的——欺負人嘛，」只有自己能聽到的聲音從咬緊的牙關裡蹦出來。然後在這分秒間，我想起病榻上的妻，想到她浮凸著青色筋脈的手背。針頭連著滴管、藥瓶，以及標示著各種生命符號的儀器，像連續動作，我看見自己把針頭從晴珍手背上拔出去。……而我一聲不吭將推到旁邊的椅子拉近來，自己這久久缺乏運動的身體，又溫馴地落座在寫字枱前面。

3

手稿？

手稿的遺失過程？

我在稿紙上重新擬題，想要找到個有賣點，至少容易懂的題目。

無論多麼聳動的標題，這仍然是一篇單調的小說。主人翁只有一個，故事裡叫作……叫作顏玉……叫什麼一點也不重要的女人。

當然，像我這麼頹唐的作者，她絕不是我可以寫的唯一單調的故事。許多時候，卻由於生命中沒有別人可以懸念，故事的主人翁就是自己，而那個故事所以單調，正因爲輪到的本來是一個單調的人生的緣故。

「——快點進入情況，嗯？」耳朵後面，主任很不放心地說道。

4

「我知道他們，包括你，都爲了混淆我的記憶。」說完，顏玉臉部的肌肉痙攣一下，很緊張地覷著四周。

四周都是空空的桌椅，除了要在安靜時候多爬一點格子的我，以及前一刻出現在辦公室裡的顏玉，早晨還沒有人來報社上班。

「從那之後，」我知道她指著丟掉手稿那件事，「我就掉到，不，跌進了一個莫大的陰謀裡。」她咬著指甲，慢騰騰地說。

我揉搓眼睛，急於替手頭的小說想個題目，然後，快點進入情況。編輯枱上的電話響了起來，傳眞機送出幾行黑字。

「你有沒有聽過？」打個呵欠，我偏過頭去問她，「一種叫作『迫害妄想』的病症？」

她搖搖頭。

「記憶，只屬於像你這樣，」瞅了她一眼，我繼續說道：「活在過去的人。」

「不，」她的眼睛怔怔地望著遠方，窗玻璃外面，可以看見高低起伏的一排遠山，浮在電線桿頂上，離著地老遠。「不，你不知道，只有這樣，我才能夠將這段歷史記錄下來……」聽她焦灼的聲音響在空曠的辦公室裡，我納悶地打個呵欠。多麼奇怪的女人，更奇怪地，人人都急於替歷史作證，她並不是其中最急切的一個，因此，我又耐下性子聽女人細聲細氣說話，而她煞有介事說起這些年她爲什麼不回來，起先，她以爲走進協調會的大門都會被人錄影，後來，她又認定自己的名字在某本冊子上。「冊子？」我問道，望著窗玻璃外面射進來的陽光，我瞇起眼，陽光在一霎時成爲七彩的光束，光束盡頭揚起了些細小的灰塵。冊子？——也是手稿的形式？是散佚了的紀錄？或者，只有在她想像中才顯現的一本手稿？

那串灰塵在我眼前沈落下去、旋即又蒸騰起來。「進入情況！」我想到主編的叮嚀，搖搖頭，我將自己從冥想中拉回來。「我說，」我重複我的問題，「手稿——」他們告訴我那是難以泯滅的紀錄，「爲什麼不多影印一份？」我搖搖頭。

於是，她幽幽地說起刻意不留下影印的痕迹，因爲無處可以安放那第二份影本，「鎖在保險箱裡？」我隨口道。不，她說，如果她受到盤查，她身上小小的鑰匙也將被搜尋出來，她的手稿，原本就是她的生命，記載著她生命中唯一的愛情。說著，她抬起頭來看我，一瞬間，她的眼眶裡濕暈暈的，而且，這些年內，顏玉繼續說，她周圍並沒有一位推心置腹的朋友。她聲音逐漸地瘖啞起來。我想著病床上一日一日失去彈性的肌膚，偶爾一口痰堵住了妻的氣管，喉嚨裡發出嘶嘶的響聲。自從戀人離她而去，顏玉垂下頸子說，她就將自己關閉在那個城市的一棟公寓裡，免得麻煩的緣故，她甚至不與任何人再通音訊。「況且，」她顫聲說，「更害怕失去原來最寶貴的東西……」她的睫毛間水光閃閃，這道理我懂得，但是對我來說，什麼是仍然寶貴的？還剩下多少可以珍重的記憶？日子只是咿咿呀呀地往前拖拉，像病床上實際已經死去的軀體，連呻吟都不具什麼特殊的意義……，也因此我才會坐在這裡，聽她說話。

這張桌子前，萬里無雲的時候，人家說可以望見遠方的淡水河，雖然我從來沒有站在玻璃前面看過。「爲什麼找到了我？」苦笑著問顏玉。爲什麼？難道爲了喚醒我的記憶？我苦笑地替自己點上一支菸。

顏玉說，她回到台灣，看見那些陌生的臉，失戀只要兩三天就會痊癒，年輕孩子聳聳肩膀告訴她。政治犯呢？你是說離島上收集鹿茸的那些人，人家狐疑地望著她。多問幾遍，顏玉自己也不確定起來，她到底有沒有記錯？她打聽了好久終於找到我，聽說我也是那一段日子之後就銷聲匿跡的傢伙，與如今的政治活動再沒有任何瓜葛。或者我們終於可以談談過去，她這樣期待。過去的年代，或者我還記得一些她在手稿裡寫過的內容。

這一刻我也冥想起來，想著我們的總編輯找不到頭條的時候，扯開了大嗓門吼道：「那些職業就是綁白布條抗議的傢伙，他們哪裡去了？」

5

「你又來了，顏玉啊，預言啊？只有你喜歡這種無聊的遊戲，」主任指指小說中的前一個章節。

然後，主任盯著我：「顏玉，那個女人，是女主角吧？拜託，紙糊的人嘛，我看了之後毫無感覺，拜託，人物刻畫得深刻一點，她幾歲？穿幾號衣服？戴什麼尺碼的胸罩？臉上有沒有痲子或雀斑？我都不清楚！」他故意聳起鼻子，很誇張地哼著：「可憐我們的讀者，他們怎麼會有印象？」

站在主任的大桌子前，玻璃外面一排灰色的屋脊，城市的熱氣正從縱橫的電視天線間上升著，有一戶人家的鐵皮屋頂上，長出了幾蓬帶著芒刺的青草。而這奇異的景象裡，我恍惚地看見顏玉那張乾淨、無聲、月白色的臉，浮在公寓與公寓的空隙裡，與所有的風景都不相干。在她這樣一個人身上，無論年齡、高矮，以及長相等等，也是不相干的。所以我不用去描述那些其實不相干的東西。只要我兀自寫下去，正如顏玉將她的過去寫在她的手稿上，便沒有人再能夠攪動她的過去。

主任擦亮一根火柴，點上菸遞過來，「無論如何，太概念化了。你的毛病又犯了，多說些她的故事，好嗎？」主任難得的好脾氣、打商量一般地說著。

6

不知是誰說過，我們在選擇情侶的時刻，洩漏出內心裡最大的秘密。說故事的時候呢？無論角色是不是面目模糊，不也傳達出說故事的人心底的訊息？

至於顏玉，我們的女主角，她最大的秘密就是當年摯愛的戀人，而她所拒絕接受的，也是那樣一張偶爾會冒出幾顆青春痘的面孔，逐漸地隱入歷史……

顏玉還記得自己忍不住地湊過手去，指甲併在一起，只聽見清脆地「剝」的一聲，膿頭爆開來，還有幾粒滾圓的血珠子，再掐掐，合著膿又湧出一絲鮮紅，搭掛在泛灰的鬚芽子中間。那時候，替她戀人擠青春痘的經驗，在顏玉心裡，就是肌膚相親的快樂。

顏玉已經快要忘記了那樣的觸覺，神經末梢的感覺逐漸剝離出她的記憶，即將化作很抽象也很不眞實的概念。因此許多年了，顏玉仍在爲當年那件關鍵的錯事悔恨不已。

當年，離開台灣的前夕，她把戀人的東西——換句話說，他們之間愛情的信物，除了幾張他寫給她的便條——都銷毀掉。而倉皇的時代，顏玉那樣倉皇的動作：臉盆裡撕的撕、燒的燒，一邊往臉盆裡簌簌掉著眼淚，淚水滴下去……小小的火舌就往下那麼一挫，那時候顏玉所銷毀的必然也包括了部分的記憶。事實上，她之後所有做的努力，包括她所寫下的手稿，只是想把原先的記憶一點點地拼湊回來。

因此顏玉必須格外謹慎，她盡量不與人來往、小心地把記憶凝固在過去的時光中，而那些年在美國的日子，除了圖書館裡打卡的工作：讓螢光幕上連續閃爍數小時的白光刺痛她的眼睛，她與外面的世界全然隔離著。

每天中午，她拿著便當，搭乘那輛鐵柵門向兩邊拉開的老式電梯：電梯的機關快壞了，許多時候，顏玉浮在一層樓與一層樓的縫隙之間，然後往下墜著。電梯穩住的那一瞬，她穿過甬道，去圖書館中文部門看台灣航寄來的報紙。

漸漸地，離開台灣愈久，那裡的消息顏玉愈覺迷茫。不再提起她在獄中受苦的戀人的時候，報紙對顏玉的意義也就等於零了。

那年冬天，最後她知道的消息就是她戀人與共同從事運動的朋友各判了一些年徒刑。數日後報紙上竟撇了個乾淨——好像什麼都不曾發生過。她絕不能忍受這個沒有戀人存在的世界，也愈發不能忍耐再讀這樣的報紙。最難以想像地，如果她往後還要一天天捧起這樣撒謊的版面看下去！那時候，既然她心裡只想重溫過去的日子，顏玉便回頭看過去的報紙。

於是，剛吃過便當，捧著一個不時發出聲響的胃，顏玉正襟危坐著。

膠卷刺啦啦地往前轉，她隨意選的一軸是一九四九，她一日日地往前讀。圖書館裡的膠片已經舊了，螢幕上閃著模糊的小黑螞蟻。

「……啼飢號寒之慘觸目皆是／況復賑卹未施而兵燹隨之……」

一小方一小方的尋人啓事，在固定位置躍入她的眼瞼，惶惶然的鉛字於亂世尋找失散的人。

「×××係昌圖縣人久別想甚未卜現役何地／己未從戎五旅不知現差何處／×××吾兒知悉聞汝在十旅三營／自返防後弟不知兄近況／×××兒呀聞汝投二六旅輜重連至今無信／我弟是否進關駐防何省／……」

「烽煙已息未卜行程望見報速告／戰事告終不知在何界充差／確否見信祈示數行以慰知己／鑒自去年作戰後久失通訊見詢示覆／磐石一別音信鮮聞望見報速告知／聞兄在鄰省稅捐局當差不知確否示知為盼／京津一帶徧尋無信未悉鸞棲何方／……」

她一日日地往前讀，一格一格地往前倒轉，在梅蘭芳的〈生死恨〉與泰倫鮑華的電影廣告中間，她讀到「杜兵團大捷」、「國軍士氣如虹」的消息。那一瞬，她以爲共產黨不會在數日後渡江，國民政府依然屹立在龍蟠虎踞的石頭城上，她父母也不必於那一年夏天倉皇來到台灣。

明滅的光影間，膠片刺啦啦地轉，轉出一片模糊。顏玉知道，這樣讀著往日的記錄——恰似一個人偶然翻閱報紙，兀自以爲結局竟是相反的。

坐在那個時光機器前面，顏玉益發地恍惚了起來。

7

小說在版面上開始連載的時候，我懷疑顏玉將永遠找不到她的手稿，而所謂手稿的遺失過程，本來是一卷她精心編纂的過去……

我不知道爲什麼聽了下去，而且，繼續寫她的故事。

顏玉坐在我面前，她喃喃說著，重複著她的手稿是在怎麼樣不可思議的情形下遺失了。她顫動的嘴唇上沒有什麼顏色，抹了些凡士林之類的濕潤劑，像我常在妻嘴唇上塗抹的，而一邊塗抹，我的手背還感覺到晴珍均勻的鼻息。

這些日子裡，我偶爾帶顏玉來到晴珍的病房。病房裡，對著儀器上各種記錄生命的訊號，我替晴珍剪去過長的指甲。冷氣呼呼地吹，落在地上的一張薄紙，劈劈啪啪地在牆角響著節拍。我望著潔淨地印著醫院名稱的被單，這一剎那，白色的被單彷佛也硬僵僵地自有律動：時而鼓出來些、時而癟進去些。而顏玉，她怔怔坐在那裡，有一搭沒一搭說著她過去的瑣事。

對我來說，在這樣一間醫院的病房裡，生命那微弱的氣息，早已經沈寂下去……

我們有共同的過去嗎？我是說，顏玉與我。

不同處在於我是自願——自願放棄我的記憶；或許她也是吧，我想著她的手稿必須遺失，留存下來，難免要經過時間的驗證——而我無奈地知道，過去的生命，怎麼經得起一次又一次地反覆翻看？

多年前我選擇了一個與過去完全無涉的現在，我瞪著妻露在被單外面顯得浮腫的肌膚，難以想像自己曾與這樣的肉體有過歡愛，記憶中也就殊少感覺。那時候，我關上燈，黑暗裡晴珍那突起的恥骨，總讓我小腹部位感覺到被硬物戳刺的疼痛。

斜靠在病房那張躺椅上，這一刻，我自嘲地想著顏玉之所以會遺失手稿，如同我坐在全無感覺的肢體旁邊，負責晴珍植物人一般、卻繼續延宕下去的生命……

當然，我的懲罰更重一些，我還必須出產自己都懶得再看一遍的連載小說，一天天無意義的延續。不知不覺，竟也成爲我生活的主要內容了。

8

「Suspense，……Surprise，三個『S』，老兄，」手指版面上顯然乏人問津的連載，主任跳起腳大吼大叫，「是我們版面的三大要件！」

「老兄，你心裡要有讀者——」

主任不耐煩地翻著面前一大疊稿紙，「讀者要看到有聲有色有香味的愛情故事……」

「床、睡衣、……大段的——Sex……」主任擠弄他的肉眼泡，專業地指點我說。

9

「告訴我，手稿裡到底寫的是些什麼？」

顏玉垂下臉，枯黃的髮梢在燈暈下閃閃地，「是——」她吞吞吐吐……

「讓我知道些比較具體的內容，你們怎麼樣在一起之類的？」我望著顏玉，聲音儘量沈緩：「用小說的形式，我替你把你的愛情，你們做愛的細節，」我發覺自己說溜了嘴，「我是說你的記憶，呃，塡補起來！」

「不要這麼緊張。」我有些抱歉。

那時候，握住顏玉的手，「你這樣子，緊張，」她的戀人也曾經擔心地望著顏玉。

「你總是會怕，會怕，」那時候，他對出國在即的顏玉溫柔地說道。

「到美國看你，等這陣子風聲過去……」像哄一個孩子，他拍拍顏玉的手背。

「別——緊張，」他捨不得地再三叮嚀。

現在，坐在這位說要替她把記憶塡補起來的男人面前，顏玉聽到同樣的話語。令她駭異的是，一樣的話竟然從不同的男人口裡吐出來！剛剛熟稔些的男人，也教顏玉不要緊張，或者，這才是比竊取她的手稿更包藏禍心的一項陰謀？我描寫著顏玉驚惶的表情，多麼危險，她將要分辨不清楚誰在說這樣的話？我點上一支菸，是誰，在撫摸她冰冷的裸身？

瞬時間，顏玉記起了她戀人之外僅有的一次。她想起的竟然也包括那件事的細節，那次她喝多了酒，是圖書館的同事聚餐，大年夜，其實也不過喝下了兩三杯，那位男同事，眼睛裡帶著捉狹的笑，硬說要開車送她回家。

顏玉睜開眼睛，她記得那時候的自己蹲在床邊，兩隻手護在平板的胸前，整個上身都不停地抖著、抖著。地下室特有的氣味，我想到主任巨細靡遺的交代，氣味氣味，做愛要有體液精液腐爛的腐臭的蘑菇似的鹹魚似的特殊氣味，這時候衝著她的鼻尖湧上來。聽著那窸窸窣窣穿衣服的聲音，聲音聲音，做愛要有聲音，顏玉覺得菌類在陰濕環境下繼續腐爛的氣味順著呼吸道下去，經過喉嚨，正在她的胸腔裡窸窸窣窣翻攪。

牆上一塊塊的濕漬，在她眼前逐漸擴大，在她的淚眼裡模糊了起來……

男人坐在床沿，他已經扣好襯衫鈕子，剩下最頂上一顆。

男人望著天花板，伸長沒有什麼贅肉的脖頸，吸一口屋裡的冷空氣，他終於扣上鈕扣。暖氣管呼嚕有聲，這還是一棟泛著寒意的屋子。男人環顧四周，彎曲的管子上晾著幾件鑲有花邊的內衣，橢圓形罩杯上密密札札的縫線，幾乎是屋子裡唯一浪漫的地方，讓人知道這還是間單身女子的臥房。「請你，不要這麼緊張。」他搓搓手，望著蹲在地下的顏玉，有些倖倖然地說道。

顏玉把頭別了過去，她繼續用細瘦的胳臂環抱住自己。胸前的青筋，正在顏玉一對對肋骨間躲閃。別緊張？她眞的很緊張。有時候，獨自站在鏡子前面，顏玉也會瞪大眼睛望著自己戰慄起來的裸身，即使想到與她愛人在一起，她也一樣會不安……

有時候，顏玉默默地思忖，或許她所有的熱情只在寫那卷手稿的時刻，只有回憶過去的時候，她的存在才有確切的意義！

可憐她的記憶停頓在丟掉手稿那一年，接下去，所有替她延續這份記憶的努力：包括面前這位搖筆桿的男人、還有他聲稱的那名主任、主任口裡的大群讀者，都在掠奪她的記憶，這樣想著，顏玉驚惶萬狀地想著，這一剎那，她想做的是從這個世界裡逃走開——

10

醫生暗示我，針筒一旦拔掉，就什麼也沒有發生過……那位穿白制服的醫生微笑著對我說。

顏玉走在街上，的確，她想著沒有人可以作證當時發生的種種，她不可以，他不可以，自從丟掉了她的手稿，所有的參考座標都已經迅速地消失。他們的愛情只存在於文字之中，一旦遺失了那卷手稿，沒有人知道什麼事情曾經發生，當然也包括她爲了怎樣的理由將青春虛擲。

什麼也沒有發生……

走在街上，從東區至西區，都市在地圖的橫軸上挪移。入夜後，她一度熟悉的西門町已經成爲熒熒閃著光的鬼域，而她自己遊蕩著的身軀如同雷射光下的一襲幻影。她看到青色的番石榴，紗罩底下那麼奇異地碩大，一堆堆如假包換地擺在攤子上，顏玉不相信地望著這些陌生的形狀。一瞬間，她彷彿也看到年輕時候的自己，手擱在男朋友的臂彎裡，任性地甩一甩頭髮。「漂亮一下又何妨？」她從唱機的大喇叭聲中回過神來……

如今，她一身過時的裝扮，瘦而長的手上青筋畢露，沒有行人會多看她一眼，憐憫她丟掉了可能是今生最重要的東西！

她穿過一條街，無法將回憶延續起來。顏玉望著那一排排似曾相識的店招，她猶豫著應不應該走進去，關於過去的記憶，只在凝定的時光中才得以保存，想著，她甚至有些慶幸地想著他們曾將他——她摯愛的那個人拘入獄中，獄裡的他望著小小一方柵門，而她愛人所有可以反覆思索、彷彿反芻一樣繼續思索的竟只有過去：包括她在內的過去。只是，當他假釋後出獄，步上街頭的分秒間，顏玉咬著手指甲簡直是驚懼萬狀地想著，新的記憶不是又要開始累積？

什麼也沒有發生過，那位醫生指指半天落下來一滴針劑的玻璃瓶子，很有默契地向我笑了一下。

11

顏玉記得那一日，她知道愛人被抓進去的日子。

心怦怦跳著，手裡的報紙窸颯窸颯地響。愛人被捕後的一個星期，顏玉才在圖書館裡讀到當天的中文報紙。

幾行相關的新聞旁邊：是冬衣的款式、巴拉圭總統就職、公教人員已定案的年終獎金、天寒地凍及時對大陸同胞伸出援手。那一天，是三百六十五天中的一日，只是平常的一天！

坐在圖書館裡，北美洲的下雪天氣，顏玉握著一張薄薄的航空版報紙。她怔忡地想到那天早晨：想著囚車駛過總統府的後街，她的愛人坐在鐵柵欄的車裡，那一瞬間，男人的網膜內映著上班的交通車、銀行的旗竿、過馬路的人、打呵欠的嘴巴。隔鄰的桃源街，刀背咯咯地落下，加一點葱、一點蒜末、一點胡椒粉，總統府後街的灰塵裡，飄著牛肉湯開鍋的氣味……

這樣平常的一天，那扇鐵門轟隆一聲關上的時候，世界照常運轉，什麼也沒有發生過……

「你知道多少他們的事？」

那段日子，因爲跟黨外扯上干係，他們時常叫我去一間「會客室」的地方問話。給我看一串長長的名單，他們告訴我那是無以洗刷的紀錄，「這些，都是你的朋友？」

我搖頭，抽了一口菸，告訴他們，我與單子上的名字好長一段時間沒聯絡了。

然後，他們拿出一份影印的小冊子，「手寫的，」譏誚地說：「……游擊策略，想在都市打游擊戰！」那時候，我一頁一頁地翻著，低下頭說我之前從來沒有見過。

12

她愛人目前在做什麼呢？有時候，顏玉也會疑惑地想著。迷津般城市裡，站在街頭的自己是一個迷了路的人……

茫然地，顏玉跟著衆人挪移腳步。她看到自己側身擠進人堆裡：台上的講者費勁地演出，台下，烤香腸的、賣錄影帶的、看熱鬧的……攤販圍成一個圈子，這裡有夜市的騷亂不安。

角落裡，有人牽來一隻跛足的小馬。「坐一次五元。」排隊的孩子們鼓起掌來，警察站在一旁，兩隻胳臂閒閒搭掛在胸前。顏玉迷惘地踮起腳，跟著衆人望向台上聲嘶力竭的講者，然後這一瞬間，顏玉在人群中看見想了多少遍的他。

他站在那群人中間，竟然像當年一樣年輕。

這是顏玉所能夠臆想的重逢場面，卻也教她惘惘地自傷起來。他到底在做什麼呢？顏玉茫茫然想著。如果他們竟然在街頭重逢，「叫阿姨……」他舉起騎在脖子上的小孩向顏玉展示，如同展示這多年的成果。暑熱的街頭，顏玉站在那裡，想到男人掏出紙巾來擦汗，他指去汗珠，叼起一支褶縐的香菸，接著說起行業中的甘苦，好像從事的是一份職業，顏玉望著男人少去青春痘的面龐，她愈想愈害怕了。她的男人應當在電話那一端霍霍地磨刀，他說磨刀的聲音要響給那些特務聽，「來一個我就殺一個！」那時候，信誓旦旦地告訴顏玉。

如果他們竟然重逢，如果他談起職業中的甘苦，像做電腦、開商店、辦公室裡混了大半輩子的傢伙，莫名其妙地怨歎著，又熟練地講起其中的社會關係，「像一張密密麻麻的網，做人難喲，」男人說。顏玉睜開眼，這一剎那在黑暗裡，她彷彿聽見男人邊講邊歎氣的聲音。

13

其實，大家都活在記憶的網罟裡，我拍拍顏玉的肩膀對她說，而她，顏玉，應該說很幸運地，她的記憶竟然與歷史的轉折點相接壤。

顏玉閉上眼睛，低下頭，她說她必須坦白地告訴我——當年她對他們那一夥人的熱情也覺得茫然：那時候，顏玉常常感覺自己笨，在她愛人與朋友們的談話中徹底迷失了方向，她常悄悄地想要摀住耳朵，什麼社會主義的書，什麼《紅星照中國》，什麼《霧月十八》，她隱約地知道她其實難以瞭解……

或者，顏玉皺起眉頭說，這也是她格外覺得歉疚的理由，她沒有認眞去試，試著理解他，儘管他是她生命中唯一有意義的男人。「竟然不瞭解他，」「並不眞的瞭解他……」顏玉的嘴唇繼續顫動，聲音愈來愈小，她在無聲地呢喃著。

14

「你說，當年，你不算眞正認識他。」望著臉色益發慘淡的顏玉，我點點頭應道。心裡想著主任才對我說過同樣的話，他說：「老兄，你不理解你的讀者，你一點都不明白你的那位女主角。」

而與我們一般的概念恰巧相反，或者欠缺瞭解才是相互繫念的必要條件？坐在沒有一絲生命歡欣的病房裡，我想到編者不瞭解他的作者、作者不瞭解他的讀者，而不瞭解，對於顏玉，竟是她這半生矢志愛戀的基礎……

這時候幽冥的燈光下，很異樣地，我覺得自己說不出來地瞭解顏玉，但那又是無關乎男女的，我們都已經遺失了部分的自己，記憶裡熟悉的世界，早已經離我們而去……對我們來說，這一輩子，都必須跑得更遠、與幸福隔絕，不再回到當初的記憶裡來。

「所以，這麼說，你是不可能記得手稿的內容了。」我只是無意義地再重覆一次。

坐在顏玉前面，我認眞地想著：或者顏玉的過去早已重新開始，她爲什麼還要告訴我她有一本丟掉的什麼手稿，難道就爲了讓我想起從前，終於寫下這一則沒人要讀的連載？

「可是，我的確丟掉了我的手稿，」顏玉眨著空洞的眼睛，茫茫然望著遠方說。

我正在繼續寫她的故事，更正確地說，寫我記憶中她的故事。愈是多寫一天她的故事，我就愈發相信急於寫回憶錄的人從來不是要追溯過去，只是要說服別人……某個地方還保有一份自己遺失了的手稿。

這不正是她故事的主旨嗎？

婚期

我的一個疑問是：什麼人，擅自抄襲我腦海裡的意念？
我的另一個疑問是：當意念強烈起來，憑腦海裡的意象，算不算犯罪？
我在現場周遭徘徊，要找一個答案。直到你拉起我的手臂，把我帶到這裡來。

1

小時候，你一定玩過火。
你一定試過那種滋味：火柴在手指上愈來愈短，神經末梢傳來灼燒的感覺，痛痛的、麻麻辣辣的，你要趕緊丟掉，但在一瞬間，又捨不得看著火光熄滅。

中元普渡的時節，你見過蜷曲在火光裡的金紙：焦黑鑲著艷紅的邊，跟著妖嬈的火舌，在鐵盆中翻滾。我蹲在那裡，覺得地面上燥熱起來。直到臉薰得紅通通地，腳麻了，我還在翻找，找那些沒有化爲灰燼的金紙……

「南無阿彌多佛夜，哆他伽多夜……」彷彿幽冥與人世的對話，往生咒的唸誦聲中，紙人放進火裡。「阿彌唎哆，毗迦蘭帝，阿彌唎哆，毗迦蘭多……」燒成灰，我想也是一個了結的辦法——了結人世間算不清的恩怨吧！

2

你太認眞了，辦個案子居然費盡苦心，想知道我的過去——我苦笑地看著你手裡我的舊作，一個叫作「愛情屋」的極短篇。

你數數複印的頁碼，一份收進檔案夾，一份放在我面前。

我自己寫過的文字，在這裡讀到反而陌生起來。

簡單的故事，男人對著一棟自己設計的房子在自言自語。他回想過去，頗爲內疚的樣子。因爲，

「他們住的環境一直不理想：雙拼的公寓，擠在嘈雜的巷弄裡，摸黑爬三層髒兮兮的樓梯，屋子小，建材太舊了，」

他爲什麼自責，也關係著本身的職業：

「……營造公司做職員的他，近幾年，替客户畫了不少幅設計圖，監督工人拼製成了好幾幢樣品屋，薪水雖然還可以，他沒辦法送給妻子一棟親手設計的房子。」

這一次，他終於有了機會：

「……根據設計圖，新房子最別致的還是樓頂有一角菱形的天窗。晴時，光線從天窗洒向地板，亮晃晃的，彷彿錯落了幾盞水晶燈花。雨天，水珠一顆顆砸碎在玻璃上。此後漫長的歲月裡，他可以想像妻子聽著雨聲凝思的眼神。」

「他不喜歡那些俗艷的色彩，假兮兮的。為了別出心裁，他規劃的房子底層有一圈白色的迴廊。夏夜涼風習習，想像中，他的妻子便可以坐在迴廊的搖椅上，水溶溶的月色，就順著她白皙、覆了些絨毛的後頸流瀉下來。……」

「文字很細密。」你搖著手裡的檔案夾，不怎麼相信地望著我，想從我呆滯的表情裡發現一些什麼。當然，讓你更有興趣的是那個出人意表的結局：

「如今他抬起頭，望著依然毫無怨色的妻子，鏡框裡的女人正眼睜睜地——看他親手把這幢新落成的房子捧進火裡。」

我一時也覺得詫異。火？一把火燒了，當年，我怎麼能夠預知後來的結局？

3

那可能就是我最有才氣的作品了，一篇叫作「愛情屋」的短小說。

年輕的時日，中文系出身的我，曾經有過一些文采。一年年辦公桌坐下來，損害的正是文采。

到現在，我還是會用想像力塑造看不見的細節，譬如，站在我與母親三坪不到的房間裡，化腐朽爲神奇一般，我的眼睛會把舊的壁紙剝落，然後換上織花的帷幔。微風吹拂，白緞的穗子翻飛到窗外……啊，好不翩躚。

我一直喜歡玩這樣的遊戲，走到一處風景美好的地方，我會癡癡地想，將來，要跟心愛的人到這裡，再在沙灘上走一次。事實上，幾年前，並沒有適切的對象，但我連環島蜜月的路線都計畫好了，金沙灣有一個小旅館，就在海的岬角，那裡是我蜜月旅行的第一站。

這樣的遊戲百玩不厭，包括向外國訂閱新娘雜誌。我花很多時間研究白紗禮服流行的趨勢，有什麼新的樣式與剪裁，彷彿就要輪到我了。有時候在想像中，我也爲自己的婚禮布置場地，小小的教堂就好，雖然我不信教，但我喜歡教堂的氣氛。我看過人家婚禮上綴著玫瑰花的拱門，甬道鋪滿玫瑰花瓣，紅色玫瑰代表愛情，婚紗一路拖曳過去，那是一扇通往幸福的門扉。

音樂呢？好不好用教堂的風琴作樂器？'We've only begun'的曲調，迢遙的長路這才開始……多麼羅曼蒂克！

我總在思索一些服裝設計的細節：禮服的領口是心形的，爲了拉抬上身的長度，造成高䠷的錯覺，腰身要低下去，袖子要墊起來，在手肘上換成透明的鏤空紗。裙子四周嘛，多年前我已經想好用心形的縐褶作裝飾，拖著白緞子蝴蝶結，要不要戴帽子？我喜歡寬寬的帽緣，環扣上同樣的大蝴蝶結，走在音樂的節奏裡會飄飛起來；但寬闊的帽緣可能遮蓋了禮服肩線的優美剪裁……小時候看多了衣服圖樣，我對細部的設計相當有把握，也因爲對細節的掌控能力，站在那扇穿衣鏡前面，不用實地走進現場，我都能夠目睹懸垂下來的蕾絲燃燒成熊熊的火柱，長長的尾紗作了助紂爲虐的易燃物，那是一幅驚心動魄的畫面！

我彷彿看見前一瞬間還沈醉在幸福光景裡的新娘，從試衣室跑出來，提著長裙倉皇地逃逸……

雜沓的步履間，地下滾動著從衣服上鬆落的珠串，迎著火光映出斑斕的異彩。下個分秒，高熱中光澤褪盡，好像火葬場裡燒出來的舍利子……

無動於衷地想像災劫後的情境，我自己知道，我的本性中本來有異常殘忍的一面。

眞是殘忍吧！長久以來，我期待某種了結殘局的方式：

上個月，我們住的大樓失火。半夜，有人急促地拍打我的門，我下床，門開了一條縫往外望——走廊上是奔跑的腳步。「後面出口，不要走前面」，人聲嚷嚷地。對我而言，噩夢成眞，我一向的恐懼就是電梯不能搭，難題是怎麼把母親抱上輪椅，輪椅又怎麼樣下去那個生銹的安全梯？床上的母親骨碌碌轉著眼珠，伸出細瘦的手臂，卻已經掙扎著要起來。我彎下腰，費了好大力量，扶她趴在我的背脊上。腿不能用力，她手臂緊緊地攫捉住我。背負著她，我幾乎不能喘氣，怎麼再走那道只有一人寬的梯子？我勉強把她挪移到樓梯口，人聲已經遠了，大概都疏散到了樓底下。間歇地，我只聞到母親頭上黏膩的髮油味，感覺她身上惡濁的體熱，一種腐臭的氣息，從她口裡散發出來。火燒起來了嗎？可能已經熄滅，或者只是個無聊的玩笑。那一秒鐘，心裡突然生出邪惡的念頭，鬆開她的手，讓她掉下去呢？……人們發現半身不遂的老太婆倒在血泊中，旁邊的女兒儘管扯著喉嚨哭號（我可以裝得很像），沒有人會露出太驚異的表情：火場時常發生的不愼失足事件。

多年前，母親不也編造過同樣離奇的故事？

站在那裡，我已經知道，火足以撩撥起人們心裡最邪惡的意念；而且更關鍵地，適足以掩滅一切的罪證，留下來都是灰燼。

念頭只是一閃就閃了過去。第二天，我又照樣坐在母親對面，看她津津有味啃魚頭，從喉嚨裡發出一種奇特的響聲，再把魚刺好整以暇地吐了滿桌，等著我去收拾。整天坐在輪椅上，奇怪的事情發生了，她顯然比我更享受食物的滋味，食量比我大得多。每到吃晚飯，看她那副好胃口的樣子，我就像童年時候一樣恨她，恨她讓我成爲同學的笑柄，用客人剪剩的布拼起來給我做制服，……我哭著不肯上學，她拿起量布的尺，一下一下，打在我身上。

不能還手的緣故嗎？——童年感覺的疼痛，以爲結了疤，其實如影隨形跟著我，跟著我愈長愈大。

然後她放下筷子，咂咂嘴巴。她總是發出一個很響的飽嗝，聲音那麼大，沒有外人，我一樣替她覺得窘迫。她打嗝的聲音一年比一年響亮，她就是故意給我聽的，她能夠做的事情不多，要我不得不注意她的存在。

打個飽嗝，過兩個鐘頭，再打幾個大大的呵欠，那就是母親重要的生活內容。我們幾乎從來不交談，更接近事實的說法是：我才不給她跟我講話的機會，這是消極的抵制。此外，我還在各種細微的地方從事我有限量的報復：譬如，我知道她多麼盼望出來透透氣，我可以推輪椅帶她到外面吃飯，但我沒有，我寧可包進去，上上下下太麻煩了，我告訴自己。我寧可每天傍晚站在自助餐攤子前，等阿巴桑打包兩盒燴飯。

「小姐，不換一換？」阿巴桑好心地問一聲。不了，我面無表情地搖搖頭，等她在盒子裡裝上半條紅燒魚與一瓢空心菜。

「你家代誌眞簡單，天天咁款。」阿巴桑自言自語。

我在心裡苦笑了……如果可以選擇，誰喜歡千篇一律的日子？誰又會拒斥迎向光明的生活？

第一次見到振維，我坐在咖啡館牆角的暗影當中，他從玻璃門外的光亮處向裡面走。門推開了，他的臉上還留有外面行道樹上的陽光，一剎那間，我的兩頰熱燙燙地，心跳無緣無故加快起來……

以振維的優越條件，他卻不會明瞭把一個人從黑暗中拉扯出來的價值，正好像他也不會明瞭什麼叫作徹底無望的日子！

4

多年來，規律到近乎遲滯的日子是愈陷愈深的泥沼，就這麼一步一步地陷了進去。早晨醒了，總要費好大的勁才把眼睛睜開。

沒有生病，只是懨懨地缺乏生氣。還沒邁開腳步，黑暗的力量已經由四面八方包裹過來。

也怪我自己愈來愈胖，多出一些贅肉的緣故：腰身變臃腫不說，脖子也粗了，短袖的袖口失去活動的餘裕，令人驚異的是連鞋子尺碼都一年比一年大半號！

能夠逆反歲月的似乎只有我母親，中風以後她反而神奇地停止了老化。自己推著輪椅在屋裡繞來繞去，她臉上的黑斑逐漸退卻，顯出之前從沒有出現過的血色。

夢裡，睡在我旁邊的母親分明比我年輕，對照她自己的過去，甚至比整天坐在縫衣機後面的時日還年輕些。醒來之後我不平地想道，我，作她的女兒，分明被她逼老的。

每天夜晚，聽著她咳嗽、吐痰、清喉嚨，聽她把身體從床上挪移到輪椅上，輪椅嘎嘎地往前走，再把自己從輪椅挪移到馬桶上，然後是拉扯衛生紙的聲音、馬桶沖水的聲音、靠著手臂用力把身體挪移上輪椅的聲音（圈圈上照例會留下幾滴尿液）……我知道，單單與母親的生活糾結在一起，就足以讓我對一切事物失去了興趣，是的，我在這些年裡失去了許多：生育的能力正急遽衰減（我已經三十八歲）、各種感官正急遽鈍化，看著我以前寫過的文字，那是我寫的嗎?漸漸不再想起自己曾用文字編織故事……

心情沮喪的時候，每一天的日子都不容易……必須說服自己才能夠繼續過下去，而母親瞞著我，像個小女孩一樣咿咿呀呀唱些舊日的老歌。我進門她才陡然打住，做錯事一樣地慌忙掩住口。

母親只知道我怕噪音，我索性告訴她，從小，我就受夠了她縫衣機單調的聲音。

母親抬起臉來望著我，眼色好像一頭受傷的小獸。從此，我在家的時候她盡量不弄出任何響聲，我去上班她才敢打開電視。

難道我們母女倆一直在無聲無息地比賽什麼？她若贏了，我就輸了！

母親臉上的老人斑愈來愈淡，淡得快要看不見了；照鏡子時發現，我顴骨上方出現一塊銅錢大小的黑斑。

很多個晚上，臥在床上，我知道她沒有睡，黑暗裡瞪住我，天花板上一隻伺機而動的貓。

同時，我感覺到平躺著的自己正一點點地下沈、一吋吋地滅頂。

我急需一個出口，急遽的改變，似乎是我唯一可以抓住的希望。而遇到振維，以為找到了那個出口，好像在地下匍匐向前爬，突然看見隧道盡頭的那點光亮……

我猜，對幸福的人，一份心動的感覺，替他們增添的不過是額外的一些什麼；對我這樣的人，卻帶來所有的補償：生命有了令人期待的允諾！

那些時日，我卻看見母親臉上譏誚的神情，她必然發現了我的異常情況（我偶爾晚歸，其實不太晚，吃了晚餐就回來），她坐在輪椅上等我進門，臉上有一絲掩不住的陰沈笑意。母親其實一直都知道的（她為什麼知道？），像她從小對我的詛咒，當年，坐在縫衣機後面，她已經反反覆覆罵道：

「大手大腳，這個福薄的囡啊，你不會孝心到幫我縫壽衣，休想我歡歡喜喜看妳穿嫁衣？」

5

多年來，我一直喜歡讀購屋的廣告：一個一個小方格數過去，終於選定外型可愛的那一棟——然後設想自己住在那棟房子裡，有好幾間屋子需要布置，我會挑壁紙的花樣、窗簾的顏色，然後選家具、選桌布、選床單……，我搭積木一樣地在心裡繪製家的圖樣。

想來，這也是爲什麼當年會寫「愛情屋」那篇小說。置身想像的房子裡，我看到外面的風吹拂窗簾布，鵝黃色的泡泡紗拂過我的面孔，布不夠長，下面鑲著同樣色系的荷葉花邊。

小時候，母親的縫衣機旁就是層層疊疊的布，別人拿過來做衣服的。母親不准我的手去碰，「弄髒了怎麼賠？」，坐在那裡，就用想像的——依我的意思，爲那些五顏六色的布一件一件配上洋裁書的式樣……

縫衣機後面有一片牆，貼著從雜誌上剪下來的圖片，都是眉目清秀的日本女人。穿著洋裝或套裝，大大的扣子作裝飾，鑲上醫生娘身上常見的式樣，與我沒什麼關聯。惟獨一張是結婚禮服：蓬蓬裙，短到膝蓋，戴著一雙長長的長到肘部的白手套。

大概是當年流行的婚紗樣式，我最喜歡那幀圖片，常常用手指頭去摸，想像那種鏤花的布料（特別那片胸前透空的白紗），碰觸起來是什麼感覺？

「穿那款衫，你要有那款命！」母親習慣對著發愣的我斥罵一聲。

生起悶氣，我就想像劃一根火柴，把縫衣機上那堆布料燒個精光，不知道會不會放出衝鼻的異味？好像母親常做的那樣，點個火在布邊晃晃，然後要客人鼻頭湊近嗅一嗅，告訴客人有沒有買到假的毛料！

有一回，母親還煞有介事告訴我，我爸是消防隊員，死在一場大火裡。

我從來沒有認真地相信她，身分證上，父親一欄就是「不詳」兩個字。

鄰家二嫂偷偷跟我咬耳朵，俊俏的後生在店裡幫忙，頭家肚子大了他腳底抹油。跑走那天店裡無緣無故失火，沒燒起來就被熄滅，還是二嫂澆下去的第一盆水。

難道因爲那把火，母親才有了「消防隊員」的說法？

二嫂的話當然比較可靠。母親有一次漏了嘴，罵我不肯學洋裁，踩縫衣機又倒輪卡住。

那回母親順口道：

「像那個夭壽的，針車也會踩到針斷掉！」

母親還在想那個人嗎？除了這次露了一點口風，再沒有任何蛛絲馬跡。

說不定，我與母親就在這些地方相似，我們都是決絕的人。男人離開她，在她心上，劈劈啪啪燒成了灰！

情愛的範疇裡，原來無有妥協的餘地——要不，燒成熊熊的大火，要不，根本燃點不起來……

碰到振維之前，我不是沒遇見過其他的男人，甚至是與我一樣憧憬婚姻的男人。總有熱心同事替我作媒，催我不要太挑剔，老大不小了，揀什麼呢？然而往往一頓飯的光景，已經發現自己失去了耐性：對那些挖鼻孔的、舐嘴巴的、刀叉會響的、刮盤子刮到精光的，以及兩片嘴唇之間黏稠的唾液沾連成細絲的男人，一旦被我看出破綻，噁心的感覺翻湧上來，我就一概敬謝不敏，絕對不會再有第二次的機會！

哎，死囝仔眞是死心眼喲，像我母親以前常罵我的。

振維就要在我生命中出現的時候，我做過一個夢，有個男人的影子，面孔看不清，伸出手等著我把一隻手遞上去。夢中，我意會他要一步步牽我走，我碰觸到他的手，清涼的感覺像軟軟的砂流過掌心，很少有那麼寧靜甜美的夢境。

振維推門進來的那一瞬，坐在咖啡館的暗影裡，我陷入某種恍惚的情境：受到夢的影響嗎？還是寂寞的太久了？……我眼睛定定地盯住振維那張臉，在冗長的等待之後，是他，夢裡難辨眉目的那個人。

然後我們開始交往，對我來說，那是無休無止在心裡期盼（不如說是乞憐？）的日子：總在下班後約會，振維一定叫餐廳裡當日的特餐。他客氣地笑，例行幾句寒暄的話（「這幾天又熱起來了」，「公司事忙，呃，總是忙。」……），然後從容地拿起刀叉，把食物切成小塊放在嘴裡，他垂著眼皮細細地嚼，坐在對面的我，並不存在於他的世界裡。

名爲約會，我也會懷疑他只是要在下班後有一頓比較悠閒的飯。吃完了，他送我上計程車，跟我說下星期再見。

時日久了（其實是我自己在穿衣鏡前站久了），多希望他也會從我平凡的顏面上看到吸引他的什麼（我上司有一次在心情很好的時候告訴過我，我是耐看的，看多了，就會看出一種楚楚可憐的美感），我塗上新買的口紅，學著穿高跟鞋走路（包括有一次差點扭傷腳踝），這一切都由於對一個男人的情緒牽扯——

幾個月相處過程中，確實想過告訴振維我心裡的感受，但我更害怕這一類的攤牌會驚嚇到他。如果他嚇得再不找我了，我便像自由落體一樣，直直墜回原先毫無起色的日子……

相反過來看，如果門開了一條縫，當時他有一點點喜歡我，對我來說，就是不可言喻的幸福了。

我相信……只要給我一段時間，共同生活的許諾之下，坐在我布置的房子裡，面前，鋪著我精心選來的桌布，桌上是我爲他親手烹調的菜色，他會開始理解我，有一天，他可能眞正愛我，甚至就此離不開我。

他畢竟沒有給我那樣的機會。

6

振維始終不明白把一個人拖出泥沼的價值！

認識振維之後，我的生活充實多了，與他會面的機會不多，我卻在精巧的想像世界裡益發流連忘返：我一次次進去百貨公司，走入寢具部門布置想像中的臥房，床罩是細碎的小花與糾結的藤蔓，我最喜歡的那一種。床單呢？我揀選的是同樣設計的碎花布，但是少了藤蔓，我在設想這樣參差的效果。

另一方面，我從來不敢去想，被兩個身體壓縐了的床單，會是怎麼個模樣？

我們見面，隔著一張餐桌，振維總是坐得很端正。不拿刀叉的時候，他的手臂緊貼著身體兩側。彷彿有一道無形的藩籬，他從來沒有僭越的勇氣。

從小，我就畏懼身體的接觸。與母親睡一張床的時候，我多害怕她的呼吸吹到我臉上，會有一種黏膩不潔的感覺。雖然這些年來，一周一次，我必須把母親抱進澡盆，看著她垂到肚臍前的乳房，失去重量地漂浮起來，她花白的陰毛，經過水溫的滋潤而怒張著。

認識振維後，我花更多的時間坐在澡盆裡，用絲瓜瓤做成的刷子搓洗自己的身體：包括凹陷的肚臍、潮濕的腋窩、還有底下陰唇一道道曲折的溝迴。我泡在水裡用蓮蓬頭沖刷，不厭其煩地刷洗乾淨，擔心有腐壞的氣味吧，一再無意識地重複同樣的動作。

有時候會問我自己，為什麼洗得那麼乾淨？我在準備什麼樣的儀式？

振維甚至沒有牽我手的意圖。

面對面坐在餐桌前，飯菜還沒端上來的時刻，振維也會有一搭沒一搭跟我說話，「今天雨眞大，為什麼最近老在下雨？」他並不期待我的回答。

而我喜歡聽振維說話的嗓音，好像淙淙的雨聲，讓我可以踟躕於那間想像的房子裡，窗簾在潮濕的空氣中翻飛起來，露出織花的紗幔，水珠一顆顆砸碎在窗玻璃上，……振維說了些什麼，我沒有聽清楚。我們兩人都活在自足的世界裡，他跟我說話，並不等我回答；他說話的時候，也不看我的眼睛，會碰上不小心洩漏的秘密似的——

坐在他對面，我常有暈眩的感覺。好像泡在澡盆裡，過一會悠然醒來，天花板好像轉了一個方向，剛剛盹著了麼？

怕他看出我的不經心，我有些慌張地趕緊坐直身子。

就是在我們常去的那家「芳鄰」餐廳，振維語氣平淡地告訴我他的提議。他喝完湯，用餐紙揩揩面頰，不疾不徐地說：

「如果你不反對，我們不妨辦個結婚手續，了卻家人的心願，老人家也會安心。」

他在求婚嗎？跟我求婚嗎？他開始喜歡我了？決定跟我共同生活？……來得那麼突兀，事前一點徵兆也沒有。我用手扶住桌子，眞不敢相信，那瞬間，我的心盪漾在模糊的喜悅裡。

他不等我回答，兀自又說道：

「不必改變既定的生活形式，你還是可以住原來的地方，結婚，」他沈吟了一下，「對現代人，經常是個必要的手續。」

一時之間，我不知道該說什麼。

半天，只想起了一件事。順著他的語氣，囁囁嚅嚅地，聽起來倒像在懇求他：

「婚紗照，呃，總要拍的？」

然後我抬起頭，看見他臉上浮現出蕭索的神色——

「作個紀念也好，你要，就拍吧。」半晌，他語氣和緩地說。

7

婚期愈近（就是訂好去法院公證的日子），我們見面的次數反而愈來愈少。振維的公司正巧在忙。除了餐廳裡見面，默默地陪我吃完一頓特餐，都是我自己在張羅婚紗的事。

這才想到在我多少次的擬想裡，看見的也只是披上新娘紗的自己，旁邊並沒有其他人。中山北路一家店裡，找到了我要的禮服式樣，居然符合想像中增刪多次的設計圖：心形領口、公主腰線、蓬蓬的裙子拖到地，四周有心形的縐褶，白緞子蝴蝶結……站在鏡子前面，我左顧右盼，穿了貼身馬甲之後，腰細了一圈，人顯得苗條許多，鏡子裡……好像夢境成真一樣！

記得有一次，還沒有認識振維，我經過一家觀光酒店，借上那裡潔淨的廁所。從廁所走出來的時候，天窗的光線灑下，塗了一層淡淡的金箔，恰巧一對穿結婚禮服的新人站在那裡，臉孔微微上仰，在折射的光線裡，臉孔顯得柔和又明亮。世界上如果有一種東西叫作幸福，我相信……那，就是所謂的幸福了。

我決心把自己鑲進那一天的光亮當中。

愈是患得患失，回到家，我愈要裝得若無其事，努力不讓母親覺察到一點異樣。同時，我始終不敢要求振維多做一點事情。

後來回想，振維恐怕還是將信將疑（面對我的時候，他其實頗有愧色），他不相信，我只要他站在那裡，站在我旁邊就好，他不必做任何事的——

每天，我都會去婚紗攝影的店裡轉一轉，翻翻他們作為招徠的大照相簿，總有一些瑣細的小事要我做決定。

去的次數多了，我注意到那個煙囪一樣的迴旋梯。有天下午，從梯子上面走下來的時候，幾乎被比我身高要長的禮服絆倒（衣服修改到合身，那是後來的事）。剛開始試穿，踩著店裡出借的高跟鞋，我還要踮著腳，才不會踩到過長的裙襬。

每次都是我一個人，去改禮服、選鞋子、配耳環，禮服試一次，再試一次，再回來修改，……，好像一個人扮家家酒似的。

正式排演的日子，必須振維來到現場。回想起來，要說錯……或許做錯了這個決定。

振維準時走進棚裡，瞧見我上妝後粉白的臉，他眼望著地，還是被我看到一絲駭異的表情。

造型師替他敷粉、為他畫眉毛，他受罪似地閉上眼睛。導演要他牽起我的手，對我作出含情脈脈的樣子，看得出來，他配合得有些勉強。

午後，按照計畫是到戶外拍外景。跟著扛在肩上的攝影器材，幾個人前前後後指揮，振維顯得愈來愈不耐煩。他的眉毛挑起又放下，似乎努力在壓抑自己。那時候，我眞希望他能夠回頭看我一眼，看見我懇請他的眼神。

安全島上找了一個定點，喇叭聲尖銳刺耳，照出的卻是如茵的青草地，攝影師自顧自解說這幾張保證有歐洲風味。大太陽底下，我撐一把秀氣的小傘，梳麻花大辮子；振維的臉上架了一副細框的金邊眼鏡，腰上捆綁著晶亮的布，襯衫在胸前打了密匝匝的縐褶。

烈日下拍照，振維背後滲出了大塊汗漬。他本來不矮，腰部束上寬幅的布，兩條腿顯得粗短許多。

那時候，我才意會到應該替振維找個更適合的造型。

一隻手拿鏡子，讓化妝師用粉撲補妝，我還不放心地看著振維。那位攝影師正比手劃腳教他怎樣擺姿勢。

突然間，不知誰的聲音高昂起來，我趕緊放下鏡子望過去，振維臉上現出我從沒有見過的激動表情，好像在跟自己作最後的掙扎。

「太假了！」只聽到他大吼一聲，手裡撕扯著捆在腰際的布。

他甩開那截彩布，鬆掉領結，愈走愈快，很快跨越安全島的柵欄。穿過馬路，人行道上跑了起來……

我眼巴巴看著他在下條街的轉角處失去蹤影。

之後，他沒有再找過我，一個電話都沒有！

過了幾天，婚紗攝影店裡的經理告訴我，未付的餘額已經結清。振維又託人捎來口信，很對不起我。而我當然知道，一旦這麼說，我們之間的一切就結束了，原本沒什麼穩固的基礎，這樣一來，什麼都結束了。

荒唐的尤其是，那家店把放大加框的沙龍照送到我與母親的公寓裡，擺在我睡覺的床上，大紅緞帶紮著，像是喜氣洋洋的禮物。

我沒言沒語的母親，在我上班的時候，已經瞇著眼，看清楚這一場我不必解釋的鬧劇。其實她早就洞悉的，正如她多年前的詛咒，命，我哪裡有這款樣的好命？

望著照片上嘲弄我的笑靨，倒讓我記起多年前的往事：小時候，跟母親鬧彆扭，就把她洋裁簿上的小布塊撕下來，順手貼到另一頁去。別人的尺碼，別人的款式，母親照樣做了起來。結果，我被關在屋裡挨了一頓木尺。

「錯了，錯了，錯了，……」跪在冰冷的水泥地上，不停地喃喃唸著。

對著放大的婚紗照，我清楚聽到自己的聲音：錯了，就沒有挽回的機會了。

8

幸福其實相當脆弱，隨時可以化為灰燼。你說是不是？

那個往上旋轉的樓梯上，我輕輕挪移，我的動作帶起一陣風。我舉高手中的燭火，照亮了像框內一對對新人。

暗影裡，我彷彿聽見母親濁重的鼻音，那是夾雜著啐罵的夢囈。我感覺手心黏膩的汗意，她追趕到了？……四周的空氣愈來愈燥熱起來……

我想著自己，穿一件拖曳白緞帶的大蓬裙，人堆裡倉皇地奔逃。蒸騰的濃煙中，走在我身旁的你，會牽我一把？你理當牽起絆倒在地下的女人。

我燃一支火柴，把婚紗照片放進火裡。像框燒起來了，高熱變形的壓克力、往後傾倒的模特兒、以及垂掛下來的帷幔，混出一股奇異的惡臭。……儷影一雙雙燒成了焦黑的窟窿，這是我為幸福送終的方式。

你一定不相信的，理由何其薄弱：一組送錯了地方的婚紗照，也會構成縱火的動機？

但是你要知道，有一種渴望，如同仰著脖子等待光明，而那份渴望——總在四顧無人的黑夜裡益發熾烈起來！

附錄

書寫女性的黑暗大陸
——評平路的〈婚期〉

邱貴芬

在台灣女性創作文學傳統裡，平路是個異數。大多數和她平輩的女作家在寫作路線的發展上，都是從女性議題開始，行道文學江湖多年之後，或因個人歷練，或因台灣解嚴前後政治大環境丕變的衝擊，政治及身分認同問題才逐漸在小說書寫中開展。在小說形式上，寫實主義一向是台灣女性小說的主流。平路的創作似乎逆向操作。在她早期小說裡，性別議題並不突出。平路創作初期走的路線，「非關男女」的意味甚濃，而其小說形式的實驗性也十分突出。如楊照所說的，從〈玉米田之死〉、〈椿哥〉到與張系國合著的《捕諜人》：

平路最關心的主題本來就是人如何被切斷與土地、社會關切的定著安全感，又如何掙扎於「是或不是、活或不活」（to be or not to be）的存在底蘊矛盾間。（1995:159）

平路最近的創作基本上還是持續了這樣的小說基調，但是卻明顯地傾向從女性的角度來探討問題。以平路的近作《行道天涯》爲例，這部小說與平路其他小說相較，有更明顯的女性自覺和性別議題關懷。性別位置在這部小說的敘述觀點和情節鋪陳方面都扮演了極其重要的角色。平路觀察自己的寫作路線發展，也認爲：

我看自己及接下來的作品，覺得有愈來愈多自己內心的聲音，以前這種聲音好像比較少，在《行道天涯》裡，我聽到較多自己女性、自由的聲音，我的下一部小說，是非常自我，有很多女性，也是我自己的聲音……（1996:86）

在一篇談論《行道天涯》的文章裡，平路更點出「探索女性情慾」在她目前小說創作思考中所占有的份量：

事實上，就我做爲一名小說作者而言，關於女性情慾的描述一向是充滿了誤解的黑暗大陸，其中，年長女人的情慾，又屬於黑暗大陸上最沒有亮光的一個角落！

〈婚期〉印證了平路這樣的創作發展脈絡。這篇短篇小說採用了女性自傳體的形式。透過一個女性縱火犯的口供，展現了女性世界陰暗複雜的層次，舉凡老年婦女的照料問題、母女關係的複雜張力、愛情迷思在女人生活裡所扮演的角色，都有細膩的處理。

小說用心鋪陳光明／陰暗的意象，刻劃女人傳統視男人爲救贖的想像。小說敘述者是個長年照顧年老母親的女兒，經年累月地處於與母親精神角力的狀態下。母親基於生命裡愛情落空的忿怨，緊緊吸附在女兒身上，企圖套牢女兒，讓她永遠伴隨自己留在被剝奪了情慾的世界煎熬。對女兒而言，婚姻是解除惡毒母親魔咒的唯一方法，男人的出現，被這個青春不再卻仍像一般少女懷著「婚紗攝影」炮製的浪漫愛情憧憬的女兒視爲這個女性黑暗大陸的一線光明，只有男人才能帶領她殺出一條生路。小說敘述者回述第一次遇見男主角，說道：「第一次見到振維，我坐在咖啡館牆角的暗影當中，他從玻璃門外的亮光處向裡面走。門推開了，他的臉上似乎還留有外面行道樹上的陽光。」

在平路筆下，母女間無聲的掙扎搏鬥，猶如一片難以逃脫的沼泥，教女兒身困其中，無法脫身。而母親卻宛如吸血鬼般，無聲無息的吸取女兒的精氣，在吐納當中暗暗修成她的不敗之軀：

……中風以後她反而神奇地停止了老化。因為不再曬太陽，她臉上的黑斑逐漸退卻，顯出之前從沒有出現過的血色。

在夢裡，睡在我旁邊的母親分明比我年輕。醒來之後我不平地想道，我，作她的女兒，分明被她逼老的。

在日復一日照顧母親沉重的負擔下，女兒覺得年華逐漸逝去，漫漫長夜，只見到橫在眼前的是一個個千篇一律沉悶窒息的日子，遙遙指向一個幽黯無光的所在。

就這樣的小說佈局而言，〈婚期〉起碼可以放到三個脈絡來探討：小說中陰森森、令人毛骨悚然的母女世界直追張愛玲的〈金鎖記〉；其中種種枷鎖意象所鋪陳的被迫害女子故事，當然也是西方古堡傳奇的基調（王德威，1988），不過，平路〈婚期〉中女主角受困於巫婆／母親魔咒，殷切等待「白馬王子」的情境，當然更演繹了童話故事《睡美人》。男人的出現，被女主角視為救贖，因為從此她可以脫離被迫與母親共同經驗的死寂的時間／空間，開始分享（複製？）外面商品資訊世界所散播的「青春美夢」：搭建（購買）一個（購屋廣告推銷的）「愛情屋」，親自挑選「每間房子的壁紙花樣、窗帘的顏色，然後選家具、選桌巾、選床單……」，然後在這屋子裡放進一個男人。吳爾芙（Virginia Woolf）的「自己的房（空）間」（"A Room of One's Own"）在女主角這樣的「空間搭建」想像中，有了極其耐人尋味的翻轉！

女主角一一經歷台灣婚禮前置作業的每項社會儀式。婚紗攝影將想像轉換成影像，印證美夢成眞。不料，男主角臨陣逃脫，女主角的愛情婚姻救贖夢被迫匆匆落幕。女兒的經歷，儼然是母親年輕時被情人遺棄的故事的翻版，女兒也終究又回到了母親死寂陰森的時間世界。小說結尾的縱火因此有相當曖昧複雜的意義。敘述者在回述她這個出人意料的行爲時，說道：「幸福其實相當脆弱，隨時可以化爲灰燼，你說是不是？」她更明白點出，在劃上火柴點燃她的婚紗照片，燒毀整個攝影棚時，「這是我爲幸福送終的方式！」縱火在此是一種絕望中放手一搏的舉動，毀滅過去的癡夢，象徵整套愛情迷思的破產。但是，從小說刻意經營的光明／陰暗、解放／束縛的意象來看，縱火卻也是背水一戰，在熊熊火光中實踐她渴望不得的光明和解放。成爲罪犯的敘述者顯然將被關進監牢，可以脫離母親的吸附，但是，在陰暗的囚室裡，她是否眞的解除了母親的魔咒？

平路這篇小說短而精緻。在女性主義文學論述裡，女性自傳體一向被視爲具有正面的意識形態意義，反映女性與喑啞命運搏鬥的勇氣。〈婚期〉裡的女主角最大的挫敗，或許不在於無法實踐她的愛情夢或脫離母親的陰影，而在於對自己的故事無法掌握。從小的層面來看，她努力想要編織、敘述的愛情故事被迫中斷；從大的意識形態批判層面來看，事實上，她從來就沒有「自己」的故事，只是想像力匱乏地複製專爲女人設計的愛情故事，重複她的母親以及千千萬萬女人前仆後繼，持續實踐的「等待救贖」的女人特有儀式。口供式的自述雖然標示了敘述者身爲罪犯的權力弱勢位置，放在這篇小說的特定脈絡，卻是敘述者在她暗淡無光的人生行程裡，第一次掌握敘述權，完整地敘述了自己的故事，也在這過程中暴露了「女人等待男人救贖」這個信仰的不可靠性。

除此之外，就這篇小說與當代台灣社會脈動的互動關係而言，〈婚期〉在深度刻劃母女關係一向潛伏的愛怨情仇之時，似乎也間接呼應台灣婦運界這幾年努力批判的「老年（婦）人照顧問題」。藝術價值、意識形態批判與社會問題探討兼具，〈婚期〉的格局乍看雖小，平路行雲走筆之間，卻隱然流露萬丈「雌」心。

（本文作者爲中興大學外文系教授）

引用書目

平路。1995。〈在父權的邊緣翻轉——《行道天涯》裡的女性情慾〉。1995年3月17日《中國時報》第39版。

——。1996。〈在時代的脈動裡開創人文的空間：李瑞騰專訪平路〉。楊光記錄整理。《文訊》第130期（1996年8月）：頁81-86。

王德威。1988。〈「女」作家的現代「鬼」話——從張愛玲到蘇偉貞〉。《眾聲喧嘩》。台北：遠流，頁223-238。

楊照。1995。〈歷史的聖潔門面背後——評平路長篇小說《行道天涯》〉。《聯合文學》第11卷6期（1995年4月）：頁158-160。

百齡箋

1

一百歲生日前幾天，玳瑁殼的眼鏡後面，老婦人作過手術的眼睛流光閃爍。她握著一枝金質的自來水筆，知道這冗長的角力已經結束，她戰勝了時間，誠然是意志力的結果，青春永駐的秘訣卻在於她努力記得過去所有的事。點點滴滴，她都寫在信上，雖然下筆愈來愈慢，她的筆跡如同多年前一樣清秀。

今天午後的第一封信，寫給育幼院第一屆畢業同學，想到他們曾經年幼失怙，她的心裡自然浮起一陣暖意，這也是她跟現實世界最眞切的聯繫。老婦人寫得輕鬆自如，午睡醒來就已經在腦海裡打好底稿：

「多謝送來珍貴的生日禮物，你們對我懷著孺慕的情感，而我對你們也存著一份逾恆的關注。」

「你們要記得秉持我們育幼院的精神，尤其要感念　總統的德澤，這對於你們的前途來說，可以發生很大的潛在助力，而我對於這一點，更希望你們能夠篤行實踐、奮發向上，使這一股助力不斷滋長，去創造光明而遠大的前途。」

她看了一遍，決定在「總統」兩字上面空格裡加上一個小小的「先」字，成爲「先總統」。她自已再讀一遍，非常滿意。唸在嘴裡的時候，覺得似曾相識。

是不是寫過同樣的信？

這一生中，少說也寫了上千封信，當然有重複的可能。祇怪太多的信要她動筆，多少不可能的事因爲她寫的信而奇蹟一般地發生。一直到後來，她不諱言有些事情讓她十分寒心、十分失望，她卻不肯承認是自已的信出了問題，它們有失效的時候。

事實上，信的意義尤其在留下紀錄，證明她曾經說過。先前每一樁無可挽回的歷史錯誤之前，她都預先在信裡提出警告：

——「歷史自有公正判斷」

——「爲視而不見者進一言」

——「小心，不要走上恥辱的道路」

面對這個是非混淆的世界，就像她努力挺直的背脊，夫人慣常在信裡維持義正詞嚴的姿態。

她把寫給華興孩子們的信裝進空白封套，桌上其他的信也等著她回覆，還有一疊收到壽禮的謝函要她簽名。夫人雖然終日不停在寫信，她卻仍然厭煩這些煩人的禮數，讓他們等等吧，夫人臉上浮出莫測高深的笑意。玻璃板上攤著一封早晨寫了一半的信，將是她寄出去給柯林頓總統的第四十三封信。一本緞帶紮的記事簿中有詳細的紀錄，她親手寫下寄出的日子，順便一一編號。這些年裡，她總共收到三封回信，印著美國國璽的雪白信紙，簡短而誠摯，字裡行間，她讀出了再度邀請她去白宮作客的訊息。

「親愛的總統柯林頓：

現在美國正慢慢地但是無疑地被捲入另一個世界戰爭的災難中，唯有憑藉有遠見的人民以及虔誠奉獻的能力才能夠拯救我們自己。」

「拯救我們自己。」夫人喃喃唸著：Ourselves，「我們自己？」夫人心思細密，許多信都是要留作研究民國史的檔案，她擔心落人口實，引起不必要的麻煩，於是把「我們自己」劃掉，改成「你們自己」。

「唯有憑藉有遠見的人民以及虔誠奉獻的能力才能夠拯救『你們』自己！」

夫人立即發現語氣太弱，多年來在政治核心裡打轉，夫人自有她的政治智慧，她對遣詞用字尤其敏感。那時候報紙上剛才出現「老賊」兩個字，她與外甥令侃討論了一陣，就想出了「老幹新枝」的絕妙好詞來回應：「譬如大樹雖新葉叢生，而卓然置基於地者，則賴老根老幹。」但夫人無論如何還是率性的人，活了一個世紀的女人，不必有太多顧忌，她告訴自己，何況以前一篇篇擲地有聲的演講稿，她從未掩飾本身對美國的感情：

「每次離開美國，我總不免意緒茫然。我不僅是一個前來訪問的遊客，而且我曾在這裡度過多年的少女生活，我在這裡接受了我的全部教育，美國就是我的第二故鄉。

「我會用你們的語言，不但用你們思考的語言，也會用你們口頭的語言，每次到了你們這裡，我就像見到自己家人一樣。」

她屢屢這樣講過。祇要講起英文，夫人就毫無困難的回到少女時代的正直、爛漫，寫信的時候尤其眞誠可信。她沈吟了半晌，決定聽從發自內心深處的聲音。

「唯有憑藉有遠見的人民以及虔誠貢獻能力才能夠拯救『我們』自己！」

這樣折騰幾回，一個早晨也快過去了。夫人準備用鏗鏘的句子結束第一段：

「歷史將進一步證明現在仍爲我們所不知道的各種邪惡事實。」

各種邪惡事實，Vicious Facts? Sinful Deeds? All kinds of Vile, Sinful Deeds?夫人推敲了好一陣子，終於決定保持一點距離，夫人把上句話中的「我們」改爲「美國人民」。

「歷史將進一步證明現在仍爲『美國人民』所不知道的各種邪惡事實。」

第一段總是最困難。夫人喝了一口豆青色蓮花盃裡的百合湯，午後的天光裡，把那張寫了一半的信紙舖在眼前，當下速度就快了起來：

「我無法不想到那次戰爭中的悲劇以及那些傷痛的歲月，更無法忘懷中美兩國人民並肩作戰的道德勇氣。」

夫人用詞非常準確，寫到「傷痛的歲月」這句話，一秒不差地，勾起她巡視抗日前線種下的疼痛。整整六十年前，傷的是肋骨，後來變成風濕，陰氣重的冬天，一絲絲痠冷，脈搏似的在每個關節亂竄。夫人用左手揉右手微微腫大的指關節，老了，老了，I Am An Old

Hag，夫人喃喃自語，對陪伴她多年的疼痛，感覺到的反而是熟悉熨貼的滋味。

「我曾一再向您剴切申言，戰爭為人類最狂謬的事，為確保一切民族和平與繁榮，不應容許戰爭再度發生。」

寫到戰爭，夫人一貫地慷慨陳辭，她是戰爭的倖存者，除了跟自己人寫信，她在每封信中都免不了提到人生最高峰的經驗。隨著戰爭的結束，她的困厄命運就此拉開序幕。多年之後，那塊綠意盎然的小島上，在蒼涼的心境裡，她愈來愈像一個外來的借住者。她聽見人們竊竊私語的聲音，看見人們詭異而為難的臉色，七十八歲的老婦人，她試著過遺孀的日子，年老才失勢的遺孀，還有比這個更糟的處境嗎？許多時候，對舊大陸一些殘餘的印象，是她與眞實世界唯一的接觸：

「戰爭沒有失敗，數百萬同胞正在致力於長期鬥爭。祇要一息尚存，對上帝懷有信心，就要繼續奮鬥，無一日無一時不用來為爭取自由而奮鬥。……要以不屈不撓的精神和生命賦予的毅力，打擊敵人，消滅敵人。」

一遍又一遍，她一再地寫，由於寫的次數太多，以致她覺得思想的速度遠超過寫字的速度。柯林頓總統呀，道義上懦怯的人們拋棄了我們，我以沈重的心情敬告你，沒有人願意提醒你眞正應該作什麼，每個人都懂得如何告訴你，你期待要聽的聲音。善於逢迎的小人在你面前恭維你，同時在你背後嘲笑你，我看過歷史怎麼樣翻雲覆雨，人們在措手不及的情形下已經被掃進歷史，不，套句馬克思主義的術語，被掃進了歷史的垃圾箱。這就是時間的詭計。夫人的表情神秘而悠遠，在這一刻，她突兀地記憶起丈夫生命中其餘的女人，原先掐得出水的肌膚，讓男人恣意地進出幾次，不多時就老了，眞是時間的詭計。她也親眼看過時間在別的女人身上怎麼樣呈現摧枯拉朽的力量，即使同父異母的姐姐，後來也因爲體態臃腫而笨重不堪。祇有她，活到一百歲的時候，人們眼睛裡現出了眞誠的羨慕，夫人駐顏有術，長青樹一般永不落葉（那是塑膠的聖誕樹，夫人呵呵笑著），男人或女人，老男人或老女人，再沒有人言不由衷，她終於贏得了這場競賽。但是眞的贏了嗎？夫人的表情瞬息萬變，一霎時變得苦澀起來，她想到活這麼老的一個麻煩就是必須爲許多人送葬，細讀一篇篇訃聞，參加一回回喪禮，如同親臨一次一次的死亡，而她每經歷一遍訣別的場面，就感到墜落的力量向下扯拉著她，再多宗教的教誨也沒有用，那是黑暗大地的無邊呼喚，八爪魚一樣包了過來，就要滅頂了，陷進去了，就要翻覆過去。

那時候，躺在丈夫病房隔壁的床上，空氣中常有一種沙丘滑落的聲音，令夫人陷入極度的恐懼裡。後來她漸漸知道，那是時間在消逝，繼續不斷，像細沙般滑過她的指縫，一瞬也不曾停。就好像丈夫的死亡是漸進的，屍斑原祇是愈長愈大的老人斑，她自己臉上也有，起先祇有一小塊，浮油一樣出現在靠近眼窩的地方，然後愈長愈大。又好像她的思緒，偶爾有斷電的時候，先是孤立的事件，漸漸會分區停電。那時候，她注視丈夫茫然的眼神，知道男人的腦細胞也祇是靜靜地、一個一個區域在輪流停電。

直到所有的訊號都靜止下來！

那幾年，她腦海裡出現最多次的正是斷電的場景。原本正常的曲線，一陣雜亂的上下跳動，畫面突然呈現一條白色的直線。她驚叫起來：「救人，救人啊！」燈熄了，陷入一片黑暗之中，急救的儀器在最關鍵的時刻斷了電，睡在她旁邊的醫護人員正輕輕搖撼她，她睜開眼睛，護士細聲細氣地說：

「夫人，老先生剛量過血壓，在隔壁睡得好好的。」

2

她的膝蓋一陣痠痲，小針細細地扎，多少隻螞蟻一小口一小口地咬，想到哪裡去了？不知愣了多久，她自言自語，胡亂在寫些什麼？她趕緊撕掉手裡的信紙，一片一片撕得粉碎。夫人再拿起一張背後有她名字簡寫水印的信紙，她要正色敬告美國總統：

「我想再次提醒你，自由世界如何贏得戰爭卻失去和平的往事。但是請不要以爲歷史不會重演，你我置身二十世紀，我們都看到歷史正在一次次地重演它自己。除非二十世紀的領袖人物，像你在目前的地位上，具有非凡的道德勇氣，扭轉目前的歧路。否則，上帝所不允准的，God Forbid——下個世紀的時候，我們將會發現自己無意中闖入，不，開啓了第三次大戰。」

用「闖入」還是用「開啓」？夫人逐字逐字又在斟酌。同時，她盯住這一段的開頭，「下個世紀的時候」，下個世紀，她看得到嗎？究竟距今還有幾個年頭？

夫人惘惘地想著，其實算計也無益；她甚至弄不清楚自己剛才昏昏沉沉出神了多少時間。

對一百歲的老婦人來說，時間又算什麼呢？

上一次美國國會演說之後，晚輩孩子們幫她在紐約家裡辦了一個盛大的派對。「Happy New Year, Happy New Year」她跟每一個人打招呼：「Yes, Everybody, Happy New Year」她的眼睛裡顧盼生輝，祝賀每一位賓客新年快樂。人們竊竊私語，露出詭異的神情，明明不是過年的時間，以為夫人時序錯亂，但人們祇是錯愕，旋即卻又懂得了，夫人愈來愈具有非凡的能力，在時間裡穿梭自如，祇要她高興，她隨時——每一時刻都在過新年。夫人喜歡明晃晃的燈光、聽堂裡絮絮叨叨的聲浪，雖然她不能夠分辨在講些什麼，但她知道，自己永遠是衆所矚目的焦點。她站在半圓形的迴廊上，繼續向每一位宴會的賓客微笑，一位女客踢了踢旁邊友伴的腳，要她注意夫人臉上不祥的潮紅，「會不會是最後一個生日？」「胭脂太厚，塗歪了一邊。」友伴小聲駁斥這種無稽的說法。夫人還是優雅地微笑，彷彿在注視某處迢遙的地方，夫人戴白紗長手套的手臂微微舉起，她要維持這個姿勢不變，像她最熟悉的那樣，等待快門此起彼落地按下。夫人在回憶裡穿梭，好奇地猜想明天報紙上又該怎麼樣繪聲繪影描寫她？

「夫人穿一件棗紅色細黑條紋旗袍，外罩黑白相間披風，胸前別著蝴蝶形翠玉，搭配翡翠耳環與手鐲……」

依據過去每一次的經驗，即使開羅會議這種改變人類共同命運的歷史盛會，報紙上的新聞總是從她的衣飾講起，一件件巨細靡遺。

夫人也曾嬌嗔著說：

「達令，他們不會寫些別的嗎？」

記者們真的不會寫別的。夫人其實記得很清楚，在她結婚那一天，英文報紙《字林西報》用半版的篇幅描述她的禮服：

「新娘穿著一件漂亮的銀色旗袍，白色的喬其紗用一枝橙黃色的花別著，輕輕地斜披在身上，看上去非常迷人，她那美麗的桃花透孔面紗上，還戴著一個由橙黃色花蕾編成的小花冠。飾以銀線的白色軟緞拖裙從她的肩上垂下來。再配上那件長而飄垂的輕紗。她穿著銀白色的鞋和長褲，捧著一束白色和銀色緞帶繫著的淡紅色麝香石竹花和棕櫚葉子。」

喔，她會背誦呢，那眞是空前的盛況。

直到現在，她耳朵裡還迴盪著孟德爾松的那支婚禮進行曲。她挽住哥哥，走在紅地毯上，記得滿屋子都是晶晶亮的大燈小燈，從她低垂的眼瞼中瞧出去，隔一層婚紗，光亮在地上畫了許多個圈圈——

不是嗎？她一向喜歡光明而排斥黑暗。這些年來，她的神聖任務正是爲自由世界高擎照明的火炬，她在信上一再地寫：

「**光明與黑暗的分野，就是眞理與邪惡的戰爭！**」

祇可惜人們一再誤解她，西方記者面對她的時候，始終不知道怎麼樣去描述一個有見解的——湊巧又是美麗的——女人。

夫人的思緒快速地跳躍，她的臉色陰沉不定。接下去卻沉浸在向杜魯門要錢的恥辱經驗裡，就在那樣的關鍵時，她在美國背水一戰，當她別有深意地在公開演講中說出「**本人已極疲憊，要求和平與休息之心，較之要求米飯與麵包更爲迫切**」，第二天報紙上對她演講內容隻字未提，《紐約時報》以整個版面報導她被藝術家協會選作「全世界十大美人」之一。入選的原因是鼻子骨肉勻亭，全世界第一名。

她簡直哭笑不得，人們總是忽略了事情的重點，還有後來受邀去白宮喝下午茶的一次，她記得事前悸動的心情，等好多年了，到詹森主政，終於又有機會與美國總統懇談，交換彼此對國際情勢的洞見。她可以好好發揮自己最自豪的外交長才，用幾個典雅又俏皮的雙關語，要緊的是再多撥一些實惠的美援。見到的祇是詹森夫人，她已經有點洩氣，想不到第一夫人竟然像個普通家庭主婦，談的盡是細瑣的小事，說她自己多麼愛吃中國菜，不厭其煩試著煮中國菜，閒閒地請教烹調的秘訣，好像在消磨時間。夫人漸漸焦躁了起來，她才不稀罕這樣的下午茶。幸好詹森總統在最後一刻露了面，挽著她的手扯了幾句，讓夫人扳回一點顏面！

那次，就是夫人對白宮的最後一瞥。夫人的時日有限，因此她必須言無不盡，坦誠說出很快就會讓世人悔恨莫及的警語。

「容我提醒您記住約兩千年前開始流傳下來的一件大事，這裡引述一段有關的記載：當彼拉多見到他無法控制局面，反而造成大騷動時，他當眾拿水洗手，並向眾人說：流這

義人的血，罪不在我，你們承當罷。」

你們承當吧，see ye to it，夫人喃喃唸著，不是出語恫嚇，她心裡其實無限悲憫，她在向應該聆聽這預言的世人作見證，若人膽敢從預言上加添什麼，寫在這書上的災禍保證加在他身上，有人刪去什麼，必然先刪去他的分。夫人目光如炬，看到的是莫測的將來，地大震動，日頭變黑像毛布，滿月變紅像血，天上的星辰墜落於地，如同無花果樹被大風搖動，落下未熟的果子一樣。她的眼眶中淚光閃閃，不說它，但我們偏偏要說，多麼不得已啊（**枯桑知天風，海水知天寒**），覺得自己像那弄濕了羽毛要去救火的鳥，這正是她此一刻的心情寫照。

3

晚飯之後，夫人握著筆，又在似睡似醒的光景裡假寐，夫人聽見雨點淅瀝淅瀝打在樹葉上的聲音，樹上還有葉子嗎？三月天的紐約已經暖和到下著細雨？夫人枯澀的眼睛一霎時光采起來，她喜歡空氣中潮濕的氣味，儘管她想著的台北就是一場淒淒冷雨，她常在濕漉漉的雨夜繼續周而復始的夢境。

雨聲中也有寂寞難捱的片刻，有時候，黑暗中彷彿一隻手游了過來，摸索著她依然有感覺的敏感部位；有時候，她夢見一株以她名字命名的蘭花，伸出的雄蕊凝結著幾滴水珠，鮮艷欲流。她倏地紅了臉，無端有一種燥熱，她想起掛著蚊帳的山城歲月，壁上有蚊子的血，她仰面朝天躺著，柔軟開敞的身體，在不透風的屋子裡淌著汗，怎麼還有這些模糊而熱切的夢境？……自己一百歲了，究竟那是多麼老？她打了個冷顫，現在，連蚊子也不叮她了，她的醫生告訴過她，年老的血液成分裡有蚊子也不欲的什麼，夫人感覺到自己的膝蓋骨像石頭一樣冰涼。

更多的夜晚，她聽見丈夫的腳步聲，走一步停一下，彷彿在茫茫雨霧裡歎息，她那個倔強的男人，知道嗎？蔣家的兒孫如同受到詛咒，死了，都死了，先前做了什麼孽？還是停棺未厝出了問題？夫人記起台北前一陣爲「移靈」的事情正吵得不可開交，一次一次地隔海向她請示。按理說，她應該攤開信紙來寫回信，給中常會一紙交辦的指令，給決策當局一個明確的回覆，但要她怎麼說？這一刻，她迷迷濛濛記起來當年丈夫前妻在豐鎬房被日本人炸死，她說不出的害怕，但她緊張地毋寧是丈夫當時作什麼反應。丈夫在屋裡獨坐了半晌，批下來一紙如何善後的手諭，已經看不見情緒的波動。

——鑒於時局動盪，總以入土爲安。

入土爲安？老婦人眼裡又出現了將信將疑的神色。她才不相信那一套，她想起風可利夫的墓園裡，一個個大理石抽屜晶瑩如玉，浮在半空中，她快要睡在他們身邊了？同一個墓室裡已經定下她的空位，躺在大姐身邊她會很安心。從小到大，她對大姐始終有一種對母親的愛，大姐才是決定她一生命運的人。自己怕黑，又怕冷，棺槨裡可以點一盞明亮的燈嗎？

當然還有更壞的可能，讓她歸葬回奉化，那才是令人震懼的景象。她記得當年進去鞠躬的祠堂，一層層牌位堆疊著，幽暗的角落結著蛛網，大門開啓處漏進來一角陽光，塵絲盤旋上揚，卻好像走入一個迷離的夢境。她驚疑地迴目四顧，而這一分秒，一位跟前跟後的族人正示好地說將來也有夫人的位子，在這裡「上香」還是「尙饗」，她聽不清楚，總之是受蔣家子孫世代供奉的意思。她一陣暈眩，趕緊抓牢丈夫的衣角，手心涔涔地冒汗，好似看見了自己的名字刻在祠堂裡一塊木牌上面。

……老婦人在這一刻晃悠悠記起了豐鎬房那兩扇黑漆大門，石板地像剛才磨洗過一樣泛著青光。後來她才明白，石板地是刷洗過，那是一種默然的下馬威。

當時她住在新建的樂亭別墅，西式的設備，家具也是西式的沙發席夢思，雖然窗子隔成一方一方地透不過氣，比起豐鎬房的陰鬱厚重，已經像井水不犯河水的兩個世界。

而她一向晚起晚睡，第一個早晨，她睜開眼睛，坐在床沿上，聽不見半點聲音。她把腳踏在新鋪的地磚上，一陣沁涼讓她覺得心慌意亂。她看見窗口的陰影蓋了下來，好像當空一抹黑雲，光亮被遮去一半，有些盤捲著的藤蔓，大概是屋瓦上掉下來的或者是花架上伸過來的。她慌張地找地下的拖鞋，突然有個她不願意碰觸的念頭，丈夫哪裡去了？

後來她才知道，丈夫早早起床，踱步到豐鎬房吃點心，大太太親自下廚，玫瑰白糖豬油餡的油炸寧波湯糰。

那女人曾經記恨她嗎？他們在南京結婚，人家說，大太太是寬厚的人，眞眞賢慧，這次連名分也讓了出來。

豐鎬房那邊果然送來了雞汁烤芋艿在內的五道小菜，她表示風度地過去答謝。丈夫攙著她走進前廳，昏暗的燈光裡，她剛剛落座，一眼看見褲腳底下裹粽子一樣兩隻小腳，急匆匆走過來。

黑布衫褲，黑布大襟襖，髮網鬆鬆地掛在腦後，兩隻手不停地往身上抹，好像手上還有廚房裡帶出來的油漬。

人家說，大太太管不得那麼多，丈夫一次次把女人往家裡帶，祇有兒子才是大太太的命。平常數著唸珠在佛堂唸誦，爲了保佑人在西伯利亞平安。兒子先前回家的時候，太太整天站在廚房裡做吃的。

至於她自己，一絲絲油煙味也會薰得她頭痛。而她也始終沒有生育。固然是結婚時候自己堅持的條件，想想更是意志力的結果。那種守舊的家族，給你一個兒子，同時就分配了你祠堂裡排排坐的位置。

許多年後，經兒還會讓她想起那個女人的神情：肉眼泡，小眼睛眨巴眨巴地，裡面不動聲色的陰晦，悄悄覷著她看。

母子倆怎麼會生著一模一樣的一對眼睛？

那時候，她在老房子裡走動，覺得自己在跟看不見的力量拔河，把丈夫從古舊的氣息裡硬往光亮處拖。看著丈夫一大口一大口喝豐鎬房送來的老母雞湯，她就覺得自己怕要輸了、怕是輸定了。那時候，她在老房子裡沒事做的遊蕩，心裡也空盪盪的，後院埋藏了什麼？……黃色的菜花在窗格子上搖曳著。像是一片片飄過來的雲遮住了天，壓得她半天喘不過氣。天愈發暗了下來，要下雨？還是透進來的光線不足？她伸出頭去，才發現自己以爲的後院祇是個鑿空的天井。天井中間還用竹竿晒了幾件衣服。

（織縑日一匹，織素五丈餘
將縑來比素，新人不如舊）

對過裡推開窗子，其實探看得見這個廂房裡的動靜。

她疑神疑鬼起來：對面有鬼火似的一對眼睛？寬褲腳底下還有兩隻快速挪動的小腳？她搗著嘴巴就要驚叫出聲。

過幾年，消息傳到大後方，日本人的飛機，三枚炸彈在豐鎬房的後牆炸開了。大太太本來已經逃出房外，發現鑰匙沒有帶，急急忙忙回去找，埋進倒塌的磚瓦堆裡。

直到今天，夫人都不喜歡老房子裡令人窒息的氣味，正如同她不喜歡黑暗。黑暗讓她想到空襲的年月，爲了怕日本人的飛機轟炸，家家戶戶用黑布遮住窗戶——

「貴國同胞所以天眞可欺，因爲你們未曾在一種十分兇險的噩夢中度過了七個悠長的年歲。我們在地下室的時間幾乎與在地面上的時間相等。防空洞潮濕得令人生厭，石壁出水如汗，點滴而下。洞中因空氣不流通而發生惡臭。有些日子空襲緊接而來，沒有人有時間煮飯。月夜最爲難當；侵襲的飛機接連如浪而來。極度的疲乏滲透了每個人的筋骨和神經，我們知道敵人是想藉疲勞轟炸來破壞我們的士氣，因此我們決心不服輸。」

直到現在，警報的聲音仍然頓挫她的耳膜，震動她的神經。這些年之後，曼哈頓街頭呼嘯而過的鳴笛聲，仍會讓她嚇的從床上坐起來。

「然而奇怪的是，各民主國家曾經目睹當時的種種暴行，卻能夠若無其事的仍然跟犯罪的國家，保持著友誼關係。當時姑息的意義，明示著：當侵略國武裝起來，力量足以侵略其他國家的時候，我們往日的遭遇，就可能在今天再度發生。」

她在給誰寫信？現任的美國總統，人家可是戰後才出生，年齡可以做她的孫兒，「不加分辨的樂觀」，她在說什麼？她記起來送亡夫花圈上那些撲撲簌簌的菊花，「毛氏髮妻／早經仳離／姚陳二氏／本無契約」，他們的聯姻眞是當年的盛事，「魔鬼的惡毒人性卻不會滅絕」，然而誰記得呢？「反擊當前道德的卑怯與不健全的思想」，到場的證人全作古了，她自己成為碩果僅存的人物，不，人瑞，「歷史自有公正判斷」，第二次世界大戰結束五十周年的盛會，她老到做了衆人爭睹的貴賓，「崇高道德律爲世界所急需」，面對底下誠摯而茫然的年輕臉孔，「不如請您談談長壽的秘訣」，「您與日本的金銀婆婆比較，請問誰比誰更老？」夫人由衷地感到寂寞起來。

4

夫人剛才還在想一些漫無邊際的事：「太原大雪／戰事沉寂」，那是報紙上的標題。然後她聽到壺嘴噴出蒸氣的單音，忽緊忽慢地極有節奏。夫人不相信自己坐在搖椅上也可以這麼快就發出鼾聲……

她閉著眼，面前的事物卻又清晰可見，大花圃中間有一方玫瑰園，路兩邊種著南洋杉，另一條路種著白千層，每次座車回來，都能夠在最短的時間內從喧囂進入寧靜。由於刻意經營的層次感，佔地不大，後面卻像傍著蓊蓊鬱鬱的高山。藤架上開黃花的植物叫作軟枝黃蟬，暗赧色是花形奇巧的紫荆，底下一盆盆茉莉，向晚時分就吐露芬芳，有暗香盈袖，夫人彷彿坐在士林官邸的院子裡。旁邊的搖椅空了，還在前後擺盪。夫人睜開眼睛，她在這孤寂的世界上無聲地找些什麼？

每次似睡非醒的時候，夫人自有某種神秘的體悟。夫人記起凱歌堂天花板上精緻的水晶燈、前排專用的紅絲絨座椅，「具有上帝的形象，」那是李登輝總統對她的過譽。夫人臉上浮出淡淡的笑意，作爲基督徒，她並不排斥這樣的說法，人都是依上帝的形象造的。想到這裡，她決意不再厚彼薄此，當下要跟遠道送來壽禮的李總統寫一封信。二十多年孀居的日子，她十分克制自己，偶爾才會爲了國家前途向現任元首陳述攸關大局的意見。

好在是主內兄弟姊妹，一剎那間靈感湧現，想到報紙上斷斷續續的憲政爭議，她以自己所熟悉的經句開頭：「人若懷裡搋火，衣服豈能不燒呢？人若在火炭上走，腳豈能不燙呢？」夫人端詳了半晌，覺得不妥，好像多了點隔岸觀火的悻悻然，夫人可沒有那樣的意思。她畫掉，隨手寫下一句：「擁抱有時／擁抱無時」，寫給一位任上的總統，還是會引起不必要的誤會，夫人又換了一張信紙。

「你堅守　總裁昭示的眞義，自不必害怕黑夜的驚駭，或是白日飛的箭，也不怕黑夜行的瘟疫，或是午間滅人的毒病。」夫人用舊約《詩篇》起頭，接下去就格外語重心長。「望登輝同志繼續對黨忠誠，爲黨策謀，一切以黨國爲先，以復興基地爲起點」復興基地——夫人想了想，好久沒聽見這熟悉的詞彙了，她放下筆，記起自己搭乘軍機來到台北，冬天慘淡的陽光照耀著松山機場，迎接她的車輛充滿了挫敗的氣息，一路退到台灣，已經退無死所，這是丈夫的最後一個據點。飛機引擎的噪音裡，她想著渺茫的前景不寒而慄，但她畢竟選擇來到丈夫身側。前一天她還在紐約電台裡對全美國廣播：「我不是回到南京、重慶、上海或廣州，我不是回到我們的大陸上去，我要回到我的人民所在地的台灣島去，台灣是我們一切希望的堡壘，不論有無援助，我們一定打下去。」

當時，她清清喉嚨繼續說：

「我不能再向美國人民要求什麼，我在貴國停留的這幾個月中，沒有發表演說，也沒有作過呼籲。我的國家雖然亟需你們的援助，但我從未參加求援的戰爭——我們伸著空無一物而願接受援助的雙手直立著，我們謙卑而又疲困的直立著。」

對準麥克風的時候她挑高眉毛，繃緊了面部肌肉，就是後來照片上常見的表情。在人們心裡，她擁有一些不是與生俱來的威嚴，「母親您不怒而威」，經國這麼說，說話的時候低著頭，好像不敢與她的目光相遇。夫人後來也很少開口大笑，即使丈夫說她吃生菜沙拉的習慣像一隻吃草的羊，她祇是抿嘴一笑。年輕時候她聽到好笑話會笑得前仰後合，直到她感覺笑也是一種讓肌膚下墜的力量，夫人想到自己母親，後來乳房垂在腰際、奶頭堆壘至腹部的贅肉上，以夫人對身材的嚴格要求，那簡直自暴自棄！夫人不厭其煩地每天量一回體重，正如同她不厭其煩地在信裡一遍遍提及自己的家世。夫人挺直了腰桿，愼重無比地寫著：

「國父革命創黨，先嚴耀如公爲　總理密切夥伴，掩護同志籌助經費，余家爲秘密集會處所之一，因而招致清室懸賞通緝，被迫率家倉促逃避東瀛。尤憶民國十三年一全大會集會廣州，與會同志，朝氣蓬勃忠黨愛國之情溢於言表。余當時在座，曾親聆　總理昭示，組織有力政黨，以黨改造國家。」

夫人歎了一口氣，接下去才是最重要的：

「當年國父如不創黨，則無今日之中華，台澎依舊日本殖民地，飲水思源，發人深省。」她記起了一些什麼？她究竟要說的是什麼？那年驟然來到海島上，先是下不完的梅雨，接著夏天的陣雨來了，或者是心境的關係，又不比在重慶，那裡即使一百五十架飛機輪番轟炸，還是有指望的，十月就進入霧季。她看到車窗玻璃上模糊的光影，一串串濺起的水花，此地的三輪車好像在運河裡行船，零星的招牌在雷聲中搖曳著，她的座車在三軍球場的廣場前停住，穿木屐的女人捲高了褲腳，從水窪裡踢踢拖拖地走過，這個城市原來是沼澤還是水道？城門樓上元首的照片在雨霧中濕答答地泛著潮意，而她裝在衣箱帶來的皮件，已經長了刮不掉的白霉。一場颱風過後，瘟死的雞鴨隨波逐流，街道上飄浮著腐物的味道，厚厚一層汗泥在太陽曝晒下，注定將孵出生生不息的蚊蠅。她疲憊地閉上眼睛，睡不著的長夜，她的風濕又犯了，記憶的重量漸漸壓垮了她，她想著自己的嘴角一天天向下沈墜，在這個多颱風多地震的小島上，當年巡視前線造成的背傷、抽菸留下的鼻竇炎，以及身上又疼又癢的蕁麻疹經常困擾著她。圓山飯店翹起的屋脊，淒淒的細雨中，如同故國渺茫的夢境……

就在那時候，她為了排遣心情開始跟老師們學畫，台灣一處處氣象萬千的景色，都像是曾經臨摹過的長軸。她在清冷的雨夜裡展卷閱讀，寄情於暫時陷落的錦繡河山，時光變得舒緩起來。夫人再沒了強烈的情緒，外交戰場上揮灑不開，她有些說不出的落寞。信任的人才有的涉案有的遭到撤職，旁觀的外人倒看出端倪，清一色換上了太子的人馬。經國肅立在她面前必恭必敬的解釋，她倒是聽得意興闌珊，這些年來，她其實沒有替自己爭取過，她從來不是苦苦經營的那種人。

「**余飽經憂患，志切黨國**」，她要在信裡交代什麼？倒是她腦海中，對李登輝祇留下浮面的印象，一九七五年丈夫過世的時日，她不記得李擔任怎麼樣的官職。但很奇怪地，後來每次進出台北，看李登輝站在停機坪上恭敬地迎送，大大的個子，臉上帶著僵直的笑意，夫人卻可以感覺到這個男人的頑強，如同那位主宰她多年生命的男人！

啊，她的男人守紀律、重然諾（夫人這時遲疑了一瞬，漢卿的事情除外），他是天生軍人，也祇有穿起軍裝才最登樣，規律的作息始終如同住在軍校宿舍裡，「噢，我們美國可不這樣子的」，那是她向新婚丈夫撒嬌用的口頭禪。水晶酒杯、威瑪王朝的磁器、巴黎進口的浴盆，比起來，她娘家的擺飾帶著夢一樣的奢華品味，開派對的夜晚，懸垂下來五顏六色的小燈，院子裡瀰漫著朦朧的浪漫氣息。當年，坐在拉都路那張雙人床上，她經常淚水漣漣。自己做對了嗎？婚後的日子怎麼那樣難挨？……日子好像陷入難解的僵局。她源源不絕的淚水，亦由於內心深沈的迷惘，婚後無意中發現先她存在的事實，丈夫向另一個女人吐露過的，竟然是無比濃烈的感情：

「披閱潔如箋，愛戀我之情，無異孺慕也」；「下午，攜潔如赴汕船次，為情魔纏絆，憐耶？惱耶？歡無已時」；還有更露骨的白話文，丈夫稱呼那個女人「我最親愛的妻」，底下署名為「熱愛你的介石」，信裡寫著：「我一天從早至午至夜，都在想念你」；「我眞想假如此行你能一路陪我多麼好，附上兩張快照。請注意：我身上穿的是你給我的那件披風，那就是說：我在想念你」；「我在算日子，期待與你重聚」，「我巴不得你現在就在此地給我慰藉」；「附奉在莫斯科拍的幾張照片。你會高興看見我穿著那件披風，其意義就是我愛你」；她坐在一堆退回給男方的信中間，一封一封地搜尋，提及自己的部分，祇出現在一封攻克武漢向那女人告捷的信裡：

「有一件令我驚喜的事，就是我收到宋美齡一封電報，為我的勝利致賀，並稱我為英雄，我已覆電致謝。」

難怪別人把兩家的聯姻看作政治目的，讓她氣憤難平地莫過於這表示她沒有那麼可愛，丈夫心裡眞正喜歡的是另一個女人，祇是為政治野心才央求她大姐作媒，包括策略性地安排那個女人暫時去外國讀書。她極在意這一類的傳言，尤其她怏怏地發現在經國心中，潔如那位「上海姆媽」竟然也有不尋常的地位。

即使過了那麼多年，這樣的想法仍然讓她怒不可遏。因此她要不停地寫信，她在跟丈夫比賽寫字。自己每多寫一行字，多寄出去一封信，可就更加證據確鑿起來。丈夫謝世之後，她在一封封給別人的信裡敘述自己的傷懷：

「余每倏而悲從中來，那年返回士林，陳設依舊，令我有人去樓空之感，以往慣常之言音足音皆冥冥肅然」

又不只是老年喪偶，而且鶼鰈情深：

「余與父親除數次負任去美，其他時日相伴近半百年歲，尤以諸多問題，有細有巨均不憚有商有量」

她還怕經國不夠明瞭，特別舉出感同深受的實例：

「此種扣心縈懷情性，祇有如汝與方媳結合四十餘年者，可能體會之。」

祇要她鬆懈下來不再繼續寫信，由著別人去說長道短，她對自己的婚姻實況便沒有置喙的餘地。幸而她記得所有的事，不至於讓眞相沈埋下去，她必須振作精神來寫信，「他們同心商議，彼此結盟，要抵擋你」，《舊約》上這樣寫過？「當時他們人丁有限，數目稀少，而且在那地爲寄居的」，這又出自《新約》了？她耳朵重聽，皮膚的毛病讓她夜不安枕，但她公開出現的場合總是精神矍鑠，不是嗎？她一向有這樣的意志力：「你們也許要用紅墨水標誌中國部分，但我們必定要把這些顏色，點點滴滴，一步一步抹去的。」曾經是她阻止赤化的豪語，同樣地堅毅不屈，她立誓要用橡皮擦拭已然寫在紙上的歷史。她記起士林官邸裡一叢一叢的花木，假山後面有幾株暗綠色的闊葉植物，重疊的葉片在雨水裡沖刷過一回，碩大的花朵彷彿騰空而起，苞蕾深處，環抱著最令人震顫的秘密。這瞬間，月光裡樹的枝椏頂端，又像離她住處不遠的克萊斯勒大樓，金頂的花苞，向著至高處的穹蒼冉冉升起——

「哦，答應我！」在她婚禮上，請來的美國歌手唱這首音階高到嗓音極限的曲子。

她緊緊挽住哥哥的手臂，踩在紅地毯上，踏上了怎麼樣的一條路？報紙推波助瀾地寫著：「這是近年來一次輝煌盛舉，使得南京軍隊中最強有力的領導人和新娘的哥哥宋子文博士的家庭及國民黨創始人已故孫中山博士的家庭結爲一體。」外人怎麼知道呢？她必須坦誠地說，盛大的婚禮過後，接著卻是至爲困難的適應期。

他們沒有丁點相同的地方。關鍵或者在她，她希望自己的男人同時是強者與弱者，她要無時無刻地君臨他，她又喜歡嘗到被他君臨的滋味！

許多時候，聽著丈夫在隔鄰焦躁地踱著步子，皮靴戈登戈登地響。她祇想怎麼趁對方精神鬆散的瞬間，找到虛弱的地方，一句話讓對方痛徹心肺。

總有一方先行放棄了冗長的角力——

早些時候，她就已經預知將是這樣的結局，他會老到靠她拿主意、任她發號施令，他老到如同一個無助的嬰兒。

那時候，挨在丈夫耳朵近旁跟丈夫說話，她看見的祇是白茫茫一片的眼神。她意識到時間緊迫。她恨不得死命晃動丈夫，好像搖床邊停擺了多時的鐘一樣，努力把她的男人喚回來。

愈接近病篤，愈是靠她做所有關鍵性的決定，儘管是些任性的決定。最後一個冬天，她還可以跺著腳對醫生說：

「我不管，他如果住在醫院裡，我自己要回士林官邸過 X'mas，我搬回去。」

丈夫死了，她才好像第一次走入眞實的人世間。倚仗別人的禮遇過日子，她敏感地知道，人們是在敷衍她了。從那時候起，她覺得責無旁貸：「晚，猶未太晚」，她必須知無不言：「不說，但我們偏偏要說」，她在無遠弗屆的信裡作丈夫的代言人：「提防思想的篡擬之害」，這個分秒，她正鬥志昂揚地寫道：

「登輝同志熟諳黨史，當已瞭然於胸。三全大會　總裁昭示：『保障國民黨光榮歷史的基礎』，四全大會昭示：『黨內團結爲禦侮圖強之基』，民國二十七年臨全大會，總裁提示：『國民黨必須堅強團結』、『強化全黨』，十全大會昭示：『健全組織』悉皆本黨應率行之準則，如今台灣社會正受衝擊，人民企求法制民主，持舊創新，在在需求準則」

「如任意製造民意，淆惑視聽，則非所應爲，而爲國人所共棄。夫崇尚民主，愼防爾『民』我『主』，庶幾不負　總裁在天之靈」

一邊寫，她記起許多年前就已經在演說裡替丈夫亟亟辯護：

「蔣總統是世界政治家中首先揭發共產黨徒陰謀的第一人，同時也是著手反共的第一人。幾年以前，他因有反共的勇氣與毅力先獲得讚揚。現在卻被人侮蔑了。時代雖已改變，但此人並未改變」，她的語氣沈痛而冰冷，她梳成橫S髻的頭髮一絲也不亂，豎直了椅背，

她正在給國家現任元首寫信。她知道，到了這個年紀，信箋更重要的意義在於：她終究獨自擁有了——再不容人曲解的他！

5

夫人又一次從眠夢中醒轉的時候，她趿著拖鞋匆匆下床，心情頓時沈重起來。遠道的祝壽賓客聽說都下榻在附近酒店裡，漢卿夫婦怎麼沒有到？人們告訴了他沒有？

這瞬間夫人糊塗起來，最近經常如此，愈要弄清楚的事情愈難以確認。倒是那封重要的信始終沒有寫，她擱在心上那麼久，以致她剛才的眠夢中都喃喃唸著：「**我們對不起漢卿。**」

怎麼下筆？這是夫人最爲躊躇的地方。儘管丈夫生前她一次又一次催促：「**不是說好要起用人家？**」而她在處理張學良事件上的意見，一向與丈夫格格不入，丈夫就鐵青著臉要她少說話，再一抬頭，她打了個寒顫，丈夫眼裡閃著不易顯露的凶光。「**難道要人家讀書思過一輩子嗎？**」當時她反唇相稽。此刻她卻有更深沈的疑慮，她預感歷史論斷終將倒向不利丈夫的一邊，包括她自己在〈西安事變回憶錄〉中的文字，假以時日，也會成爲後世批判丈夫的幫凶。那篇〈回憶錄〉中，自己一再爲漢卿說情，後來她一回回拿出來重新琢磨，如今再次思忖，她擔心爾後會有說不準的一連串痲煩；

「所可喜者，雙方辯論雖甚激昂，始終絕未提及金錢與權位問題。歷來叛變軍人所斤斤不能去懷之主題，此次竟未有一人置懷，由此足見彼等此舉有異於歷來之叛變。」

「余等深知此次事變確與歷來不同，事變之如此結束，在中國政治之發展史中，可謂空前所未有。」

事實上，比較自己寫的〈回憶錄〉與丈夫寫的〈西安半月記〉，簡直可以看出誰在那裡撒謊。〈半月記〉中處處罵張學良，〈回憶錄〉中處處為張辯護，當時就有人暗示夫人改一改，但夫人始終拗在那裡，她以為自己在對歷史負責，她可是要對得起歷史！

這正是夫人近些日子很不安的地方，她對得起誰？誰又對得起她？想想她就迷惑起來。夫人知道丈夫最在意歷史功過，她決意再寫一封信，用意是幫丈夫澄清幾件事。患難見真情，她最近是有所感慨——

也因為漢卿來美國的消息見報，說是要把當年的真相供大學作研究，什麼口述歷史一類的時髦玩意。夫人皺起了眉頭。夫人讀到的報紙上，眉毛彎彎的趙四挽著漢卿的手，無限溫柔地說：「**跟他在一起，一切聽他的。**」

夫人心裡真有說不出的滋味，其實西安事變是一個分水嶺，聽到丈夫下落不明，她記得自己多麼驚惶，雖然表面上要作出鎮定的樣子，婚後第一遭，她算是有了夫妻同命的感受。她擔心那些別有圖謀的武人轟炸西安、傷了丈夫。那時候，去西安營救丈夫之前，她已經一封一封信地振筆疾書：「余復請瑞納攜一函致委員長，……余復以長函致張學良……」後來爲了丈夫對漢卿作的不同處置，她卻不惜在〈回憶錄〉裡責怪丈夫：

「委員長之性情，每有計畫，非俟其成熟，不願告人；遇他人向其陳述意見時，或有不容異議之見，而以對其部下爲尤甚。」

「彼等確有不平之情緒，而自謂其有相當的理由。一部分國人若對中央懷抱不平，中央應虛懷若谷，探索其不平之究竟，而盡力糾正之，同爲國人，苟有其他途徑可尋，又何必求軍事解決也。」

回溯起來，她甚至是狠心的，她不能夠像平凡妻子在任何情況下偏袒自己的男人。這個分秒間，她放下沒寫一個字的墨水筆，記起自己怎麼樣一再漠視丈夫自尊心受到的傷害。用英文交談的場合，其實她感覺到丈夫深切的不安全感，但她就是故意要去挑釁。有時候跟美國大男孩子以雙關語調調情，小試一下自己莫之能禦的吸引力。即使是開羅會議的場景，丈夫被安排在邱吉爾身邊，臉上一副尷尬的表情，她都刻意不靠過去替丈夫解圍。她瞧見丈夫一身硬挺的軍裝，雙手抓住什麼護身符一樣，緊緊握著那頂綴著青天白日國徽的軍帽，裝得彷彿他聽得懂，在場每個人又都知道他聽不懂。她自顧自嬌笑著，不時拋個媚眼，用前面鏤空的高跟鞋，踢一下羅斯福總統抖過來抖過去的那隻跛腿。

她故意裝作不知道丈夫的痛處在哪裡，或者是他們的位置，連夫妻的情感都變得複雜起來。他贊成她、她不贊成他，她是政治的、她不是政治的，但她明明沒有那麼政治！後來無數次的夢裡，她看見丈夫手腕上一道血痕，嘴唇無聲地繼續顫動，她必然用了太猛的力道，她到底使出多大的力氣？祇怪那時候外面有些風風雨雨的傳言，甚至揣測老先生已經大去，那次恰好是闢謠的時機，十一屆三中全會結束，主席團代表到榮總晉見老先生。

她指揮侍衛替丈夫穿上長袍馬褂，再把病人抱到椅子上扶扶正，但是那隻肌肉萎縮的右手很容易露出破綻，一不小心就從沙發扶手上向下滑。有人七嘴八舌出主意，索性用透明膠帶將手腕固定在扶手上，大概就掉不下來了。

侍衛拿膠帶來，幾番猶豫不敢下手，倒是她急不過，自己動手紮起來，紮得很緊，深怕瘦得皮包骨的手腕還會滑動。

老先生翻翻眼皮，她看見泡在淚水中的眼眸，好像在苦苦地告饒，那必然是世界上最哀傷的一對眼睛。那瞬間，對一個久病卧床的老人，她知道是顧不得那麼多了，她也頗爲詫異怎麼會這樣地狠心（自己究竟用了多大力量？），但她某種生命的強度，總讓她在最緊要的時刻冷酷起來。那時候已經機不可失，即使最短暫的一瞥，足以使人們相信他還在那裡，「你說我是王，我爲此而生」，全國人民沒有比現在更需要一張照片，一張照片就能夠支撐人民度過難關，「復活在我，生命也在我」，快要闔上眼的最後一瞥，他依舊照看人們的每一時刻，「……余日夜侍疾，禱望總統恢復健康，掌理大事，能多一年領導，國家即多一年札實根基」，正是她那時候的心情寫照。

「如是幾近二年，不意終於捨我而去，而余本身在長期強撐堅忍，勉抑痛苦之餘，頓感身心俱乏」，晚了，完了，落幕了。萬念俱灰的心情裡，再提起歷史功過，她祇想要追憶自己想要記取的部分：

「我終於得以飛到西安去到他的身邊。當叛變他的人讓我去看他時，他驚詫得以爲我是一個幻影。在他稍微安定了之後，他給我看那天早晨他所讀的經句中的一節：『耶和華

在地上造了一件新事，就是女子護衛男子。』

她在護衛他嗎？她護衛過他嗎？會不會嫌晚了？還是永遠不會太晚！另一封信裡，她開始疾言厲色，她決定筆力萬鈞地寫下證言：

「一九三六年，先總統在西安被幾個與共匪秘密勾結的部下囚禁」

丈夫是對的，她終於看出他超越同時代人的睿智：西安事變的插曲，讓丈夫平白失去剿匪的先機，否則，怎麼會有後來全盤失敗的困阨命運？她記起退守海島的丈夫　年比一年蒼老，反攻大陸的夢想一年比一年渺茫，台灣從南到北，一處處鐵皮眷村改建成爲一排一排磚房，愈來愈有長住下來的打算，眷屬們還聚在一起縫征衣嗎？夫人猛然想到早上一封信是寫給婦聯會姐妹的，她要謝謝她們一針一線合力繡的「**百壽圖**」。夫人的記性很好，她一個字一個字寫下組織的全名：「**中華婦女反共抗俄聯合會**」，抗俄？抗什麼俄？夫人當時楞了一楞，依稀記得俄國已經揚棄了共產主義。

丈夫過世後，夫人靜坐在凱歌堂的絲絨椅子上，外面風雨如晦，一遍遍，她在心裡默念聖徒保羅的下場。丈夫已經鞠躬盡瘁，人們在他死後還要繼續背棄他，一尊尊銅像從操場中央敲了下來，偷偷摸摸地徹夜運走，分明把領袖看成走投無路的流亡者：

「那位既扶病又疲憊不堪的老人，正被六名士兵押解著匆匆通過羅馬的貧民窟，走向蒂勒河，然後沿著奧斯汀路走了三英里，出了羅馬，轉向左邊，進入一個小松林中。在這個小松林中，能醫病的聖泉正潺潺流著，在那兒聖保羅被剝去衣服，遭受最後一次的鞭打，然後被綁在一棵松樹上，給砍下頭來。」

自從來到這復興基地的海島上，她記起丈夫每天睡覺前都要檢查裡裡外外的門窗，還會提醒站衛兵的崗哨，要小心防備。她聽見丈夫站在雨裡的歎息，就在院子的那棵扁柏底下，丈夫歎著說：

「他們要這樣判我的罪？」

就從那時候開始，夫人想起聖保羅怎麼樣孜孜不倦在寫信，給羅馬人書、給哥林多人書、給加拉太人書、給希伯來人書……，世人們都充滿懷疑，這時候寫下的話，終於在後世放出耀眼的光芒。他勸勉他們、指導他們、忠告他們、教育他們、曉諭他們、鼓勵他們，不正是她鎮日在做的，她也把握時間在寫信，那裡有人生最重要的使命，以及處世不可或缺的眞僞之辯。她好像宣道的使徒，世道變了，不能讓內心世界再亂了套。前一封收到壽禮的謝函中，她也對婦女會的姐妹諄諄教誨：

「婦女做爲母親，必須恢復對長大成人兒女的指導權，眞理要使其不可磨滅地銘刻在青年人的頭腦之中，俾可成爲他們人格中最耐久的部分，用以抵制台灣社會的目無法紀，男女同校的越軌言行，以及一般現代化生活的誘惑。放蕩不羈若被誤以爲就是自由，那眞是台灣社會最大的悲劇。」

眞的是目無法紀，那怎麼會叫做自由？她聽說官邸前面的小徑放置了五顏六色的活動公廁，自己每天散步的花圃成爲人們拍婚紗照的地方，甚至作禮拜的凱歌堂也任由人們指指點點，……正因爲她不曾自私地置產，她反而失去落腳的地方。人們連她百年都等不及了，士林的正廳還有圍籬擋住，幾處賓館就更不堪聞問。夫人想像人們對她住宿的臥房也要探頭探腦，她覺得十分窘迫，好像用過的被單沒有換掉，渾身上下適時地癢了起來。另有一本本未經授權的傳記、未經批准的小說，書裡甚至模擬她的口氣、僞造她的信函、誤解她的想法，這都因爲沒有了權勢。夫人愈益感覺到丈夫應該無所不在，她必須提醒國人，你們曾經多麼愛戴他，你們怎麼可以忘記呢？尤其不應該忘記讓全國陷入一片愁雲慘霧的葬禮，她再度義正詞嚴地寫著：

「千千萬萬之人身歷其境，不分你我，融協隨和，靜默無聲，神態嚴肅，循序排隊，耐心佇候，盡日漏夜，忘其累苦，祇求一瞻總統遺容，致最後之敬禮。紀念館前一排民居，有自動開放門户二十四小時予人方便，亦有自動供應茶水者。……當靈櫬奉厝慈湖，沿途民衆跪祭泣拜，如波浪之此起彼伏……喪期中市塵靜穆，極少穿花綠色衣著者，有之則受民衆路上之瞪目制裁；宵小斂跡，閭閻不警。……」

當時，她記起漢卿也站在瞻仰遺容的隊伍裡，滿臉都是哀思，「關懷之殷，情同骨肉」，那是他送的輓聯，夫人祇願意記得這個上聯，下聯呢？「政見之爭，宛若寇讎」，兩個纏鬥了一輩子的老人，不是政見之爭，到頭來祇剩下了意氣之爭，頑強而孤獨，誰教男人都不願意用言語表達情感。她想到丈夫每天晨起拿著一枝鋼筆手電筒，彎著腰，躡手躡腳地，輕輕轉動門把，摸黑走進盥洗室洗臉，爲了不要吵到遲睡的她。她瞇著眼看見，卻又翻過身假裝睡得正香……。

夫人這一刻的眼光溫柔而縹緲，信紙上泛著潤澤的水光，她寫不下去了，夫人憶起從榮總返回家住的幾個月，到最後了，坐在官邸的陽光裡，螢光幕上是「長生殿」的劇目，一句纏綿悱惻的「愛妃啊！」她突然有個衝動，想要握住丈夫的手，「人跋涉，路崎嶇，知何日，到成都。」那時候，劇中人還有天長地久的想望。接下去，撲面而來的死亡氣息中，她才想起已經來不及告訴他，她其實需要丈夫的庇蔭，而她始終活在那樣的庇蔭裡。

夫人望著自己寫信的一雙手，隱隱然青筋浮現，……誰還會那樣對待她？誰會幫她克服死亡將臨的孤寂之感……夫人看著枯乾的一雙手又好笑起來，居然要花一百年的時間，她才終於體悟到，在這個冰冷的人世間，除了丈夫的恩寵，任何人對她的生活原來毫無裨益！

6

老夫人一百歲那天，她想到寫來寫去，她從來沒有給丈夫寫一封信

（祇怕倉皇負了卿，負了卿）

她要告訴他，她比當年更需要他，幫助她克服恐懼，克服寒冷

（膝蓋骨爬上來的春寒，太匆匆）

在另一個世界裡，我們相聚的日子就要來了

（其中所矜誇的，不過是勞苦愁煩、轉眼成空，我們便如飛而去）

夫人攤開信紙，介石夫君，生前沒有這樣稱呼過他，此刻聽起來格外婉轉

（什麼時候起？我會跟死人寫信了）

令偉作他們花童時候的穿著也歷歷如繪。白緞子滾邊的天鵝絨短褲與短上衣，可是令偉也死了。

（訣竅祇是繼續呼氣、吸氣：The Trick is to Keep Breathing）

人家說，我的化身人物死了

（碰到老朋友的時候，我高興時候會說：You're a handsome boy. You're as handsome as ever.）

介石夫君，相聚的時日就在眼前

（我們度盡的年歲，好像一聲歎息）

像我這樣的老人，這次的熱鬧過完了，下一次受重視的時候是死亡的來臨

（應付老年的方法，就是築起一面面的牆，把自己關在寂靜裡面）

但是好不好笑，時光好像又走回頭了，人家告訴她，林肯中心還有盛大的生日慶祝會

（這件事弄到後來，要怎麼結束呢？）

介石夫君你還記得麼？那天螢光幕上是「長生殿」，女伶頭髮綰成高高的圓髻，水袖舞得像招魂的鬼魅，悠長清亮的唱腔道：

百年離別在須臾

一代紅顏爲君盡

（不，恰恰是相反了，老夫人危顫顫笑著，臉上艷如桃花：哪有什麼離別？——她的百歲誕辰，正是歡慶與相聚的時日！）

附錄

平路《百齡箋》中的性別、書寫和記憶

劉亮雅

在台灣當代文壇中，平路在許多方面均是異數。身為一個女作家，平路早期作品如〈玉米田之死〉、〈在巨星的年代裡〉皆以男性為敍述者，並且呈現弱男與悍女的配對，從不得志的男性角度批評悍妻的威脅。此一取角看似反女性，憎恨女性，卻毋寧顯現男尊女卑的立足點早已不合時宜，被女人揚棄。而同時，探討弱男心理亦是為女性書寫另闢蹊徑。近期作品則出現較清楚的女性觀點（參看梅家玲），雖然敍述者有時仍為男性。並且，平路的小說展現女性作家少有的對知性、數理的興趣，以及對公共議題的關懷（例如外省第二代的台灣認同，台灣的政經與社會問題，中共的霸權，父權的宰制）。這樣的興趣和關懷使得她的小說視野及取材不凡，寫出像〈台灣奇蹟〉的狂想諷刺之作，像〈人工智慧紀事〉的奇想科幻小說。當她想像未來世界、虛擬未來台灣，或是從解嚴後的時代回去看解嚴前的威權體制與政治反對運動，其憂慮、嘲諷與同情每每發人深思。此外，平路可說是最投入後設小說書寫的台灣當代女作家之一。透過對小說成規的質疑，她非但搖晃虛擬與真實的疆界，且展現現實的歧異性。在文體上，平路傾向於海明威式的簡約與內斂，但海明威文字的簡約背後是耽於七情六慾的，而平路的簡約則具有知性的冷洌甘味。平路的世界並非無視於世俗的大悲大喜，但以稍微抽離的角度視之。

書寫常是平路小說的主題。〈玉米田之死〉、〈在巨星的年代裡〉的敘述者皆為職業寫作者，但兩篇仍不脫寫實小說。《百齡箋》裡則有多篇關於書寫的後設小說。渥（Patricia Waugh）在《後設小說：自覺小說之理論與實踐》（*Metafiction: The Theory and Practice of Self-Conscious Fiction*）一書中說，後設小說「乃是一種小說書寫，有自覺、有系統地讓人注意小說係人工製品（artifact）之地位，藉以批判小說與現實的關係，而在批判其自身之建構方式時，此類書寫不但檢視敘述性小說的基本結構，也探索在小說文本以外世界的可能之虛構性」（2）。《百齡箋》裡好幾篇故事例如〈歧路家園〉、〈烽火隨想錄〉、〈愛情備忘錄〉、

〈手稿〉、〈禁書啟示錄〉，直接以小說書寫者第一人稱敘述，一方面呈現其想像虛構的過程，另方面女主角彷彿活人般與作者對話，甚至性愛。這些後設小說顯現平路質疑著再現（**representation**）（和語言、言說）本身，也質疑著現實，緣於所謂現實常被再現所滲透。這些小說也令人想起英國作家傅敖斯（**John Fowles**）小說《法國中尉的女人》（*The French Lieutenant's Woman*）裡採用全知作者的成規，卻又加以翻轉，揭示其虛構性。此外，〈手稿〉結合了歷史書寫與後設小說，可歸為何琪恩（**Linda Hutcheon**）所謂的歷史後設小說（**historiographic metafiction**），質疑歷史書寫及經驗論式、實證論式知識論。

另一些故事像〈百齡箋〉、〈童年故事〉、〈婚期〉則帶有某些後設特質（例如〈百齡箋〉諧擬宋美齡寫信過程），卻並未跳出敘述框架。這些故事採拆解式的書寫方式，關注於書寫與記憶、虛擬與真實的關係（即使敘述者並非小說書寫者）。而同樣關注亦見於〈小與大〉、〈天災人禍公司〉和〈世紀之疾〉等科幻寓言。無論是個人或集體記憶、現今台灣或未來世界的歷史記憶，它所蘊含的斷裂錯亂及多重觀點亦是《百齡箋》企圖探討的。

本文將探討《百齡箋》中性別、書寫、記憶之間錯雜的關係。第一部分將焦注於幾篇後設小說裡性別與書寫的關係。在這些故事中，平路選擇男性（或具男性氣質）書寫者敘述，這似乎是要諷刺傳統文化與社會結構上的男尊女卑。而無論男作者或其筆下的女主角（除了

〈手稿〉外）皆無名字，具有寓言的刻意簡約。平路玩味著男作者係上帝的地位，不斷加以顛轉、反諷，然而這些男性書寫者的心態各異，對女主角的投射與慾望方式亦不同，使得性別、愛慾與權力的糾葛更形複雜。女人的故事究竟可不可以被男作者說？在說的同時男作者與現實的關係是什麼？扮演上帝的男作者是否宰制了女主角？而此兩性關係又往往與台灣的社會及地緣政治背景有關。但《百齡箋》中另有〈百齡箋〉、〈小與大〉、〈婚期〉三篇，以女性書寫者為主角，並且記憶主題貫穿於〈童年故事〉、〈百齡箋〉、〈手稿〉、〈婚期〉、〈小與大〉、〈禁書啟示錄〉等故事。第二部分因此將帶入記憶主題，進一步探究性別、書寫、記憶的糾纏。性別如何影響了書寫位置以及記憶的方式？由於同一性別也有各種差異，此影響值得細膩剖析。此外，書寫究竟是彌合了記憶的傷痛，得到救贖？抑或使真相在記憶中更為模糊紊亂？

一、性別與書寫

平路對於男作者扮上帝的興趣，可以溯至早期作品〈在巨星的年代裡〉、〈郝大師傳奇〉和科幻小說〈人工智慧紀事〉。三篇在主題上有若干延展與承接。前兩篇均以旅美台灣人、華人為背景，或多或少嘲諷資本主義拜物教式庸俗文化裡的偶像崇拜，後兩篇採形上學的詰辯，一個針對靈異學，一個針對機器人，探究超越個人或人類命運的可能。而在第一與第三篇故事裡，平路已機敏地觸及以上帝自居的男作者與其女主角的關係。〈在巨星的年代裡〉中旅居美國不得志的敍述者，冷眼旁觀男性醫師將其頭頭是道的鄉土、國家理想荒誕地投射在一女明星身上，希圖塑造文化巨星，而〈人工智慧紀事〉裡，則是滿懷理想的男性科學家發明了具有知性感性能力的女機器人，試驗人類是否能像上帝般創造出外形內在與人無分軒輊的機器人。兩個男性，乍看之下，一個庸俗，一個理想，共同則在他們皆將自己的慾望投射在另一女性身上。之於赫醫師，冷漠的小明星其內在如何並不重要，甚至他所加諸於她的八股口號式文化符碼也不重要，他只想藉由包裝一個女明星來壯大自己的男性文化掮客身分，他遂可擁有女明星而驕人，減輕在懼內、衰老和久居美國無法排解鄉愁的壓力下之男性焦慮。[1]而之於男性科學家，女機器人則是一張白紙，由他填上他的理想女性形象，可以任由他擺佈，滿足他各種性幻想（參看梅家玲295-304）。但即使在這兩篇故事中，被塑造的女性都有不馴的一面。〈在巨星的年代裡〉中的女明星始終冷漠相待、不理不睬，而〈人工智慧紀事〉裡的女機器人則發展出強烈的自主意識，仿傚男性科學家，創造出自己的理想戀人，也就是成為女性作者、書寫者。此外，值得注意的是，猶如電影《銀翼殺手》（*Blade Runner*）中的女機器人，此處女機器人的記憶原是虛擬的，但她發展出「人性」，在超越與塵泥中浮沉，打破虛擬與真實之界限，可說是《百齡箋》裡系列男作者與女主角故事的前身。

如果說〈在巨星的年代裡〉與〈人工智慧紀事〉藉顯現男女性別意識的落差來翻轉男作者係上帝之地位，在《百齡箋》的系列男作者與女主角後設小說裡，書寫與性別關係更為複雜多變，而女主角既是虛構，又似真人，讓人想到皮藍狄羅（**Luigi Pirandello**）的劇作《六個尋找作者的劇中人》（***Six Characters in Search of An Author***）以及電影《開羅紫玫瑰》裡影片中虛構的男主角走下銀幕的真幻難分。〈岐路家園〉最為精彩有趣、耐人尋味。男作者筆下的女主角匪夷所思地回來找作者解決生命難題，暗指作者當年化身為令她癡愛的男友，然而當她為了他決絕離婚，作者（男友）卻撇下她不管，致使她從此遠離「幸福家庭」。抱愧的男作者遂為她提出了四個改寫情節的出路，卻仍難以令她滿意。男作者一面與女主角討論每個出路的利弊，一面比較今昔的創作態度，使得愛情與婚姻家庭的習題連結到創作與文化議題。而同時男作者的遲疑與女主角的勇敢適成對比，男作者對女主角投射了認同與愛戀之矛盾情緒。

在傅敖斯的《法國中尉的女人》中，作者也曾數度跳出，自揭其小說的虛構性，但卻不像〈岐路家園〉這般探討男作者與女主角的感情糾纏，不過此種糾纏已隱現於《法國中尉的女人》。傅敖斯將其筆下的十九世紀英國女子莎拉塑造為叛經離道女子，在魅惑地勾引男主角後方才暴露其為處女之身，使其先前的叛經離道完全成為理念抗爭：抗議當時的世道箝制女性，而她勇敢地為此付出了被誤解、被詆譭唾棄的代價。渥一針見血地指出傅敖斯的莎拉滿足了兩種矛盾的男性慾望：渴望女人表面上是狐狸精，其實是處女（Waugh 126），而莎拉無比的勇敢既超乎男人，也超乎時代。我認為〈歧路家園〉把這議題做了更精彩、更諷刺的發揮，並放進了台灣（或再加上旅美台灣人、華人）的脈絡。當女主角跳出來質疑男作者對她的安排時，她嘲諷男作者只對故事感興趣，對別人的心境不耐煩，故事一旦編完，就置身事外，不管主角死活。她甚至反客為主講了自己現在的故事，顯示男作者對她的安排使她決絕地獨立於婚姻家庭之外。而男作者亦默認：當初塑造女主角時，的確是由於自己懼內、卻渴望從婚姻出走，遂將自己做不到的、拒絕家庭的勇敢投射在女主角身上。換言之，男作者的卑屈與無力感藉由女主角的勇敢而得到想像中的自我壯大。

男作者的怯懦與女主角的決絕延伸至男作者對於今昔創作觀及愛情婚姻觀的省思。由於生活的磨礪，男作者多年來隨俗地寫著肥皂劇，再也寫不出女主角決絕的情節。然而他讓女主角重新選擇：(1)從未遇到第三者；(2)（與男友結婚成家；(3)外遇後請丈夫原諒、復合，都為女主角所拒。孤傲的女主角執著於愛情、不願有任何妥協，不認為女人需為外遇向丈夫低頭，卻又寧可愛情沒有結果，以便擁有幻想的空間。男作者不禁嘆息女主角的不切實際，反映昔日自己。現在他筆下皆是精明幹練的女子，故事也常以鬧劇式的大團圓收場，緣於自己在世俗中浮沉多年，早已失去反抗的衝勁。女主角質疑他的鄉愿，他則自我解嘲：鬧哄哄的大團圓「其實空洞得很。這一點，比起她閉鎖在回憶中的日子，恐怕更接近人生的真實面貌」(44)。另一方面，男作者懷疑：當年塑造出這樣不食人間煙火的愛的使徒，是否乃受到了文藝小說的影響（42），在此平路似暗示現實中的慾望和愛情早已受到各種言說與成規的左右，於是連同我們認為什麼文類才能真實地呈現俗世中的愛情婚姻關係也變得非常弔詭。雖說如此，男作者提出的第四個選擇顯然企圖更逼近真實：女主角之夫並未發現妻子外遇，但後來女主角發覺丈夫有了外遇，不知如何反應，於是瞭解到家的定義或許是寬容、妥協、無動於衷地過下去。

更特別的是，〈歧路家園〉楷體字的結尾暗示女主角的這番出現乃是男作者想像的遊戲，但這個遊戲卻又無比的真切。男作者感到與女主角重逢，再度心生愛憐，不過他「預見自己走不出去」(48)，不敢讓女主角重新生出幸福的幻覺，於是急忙關掉電腦。做為一個安排他人人生的書寫者兼上帝，他感到充滿歧路的現實中，無論任何選擇皆有煩惱與缺憾，上帝也難為。

如果說〈歧路家園〉裡男作者過於理智、拘謹、猶豫，不敢表露對女主角的愛憐，〈愛情備忘錄〉則恰恰相反。男作者對女主角懷有強烈色慾及佔有慾，女主角則一再抗拒，並質疑男作者的動機。比〈歧路家園〉更不可思議的是，男作者並不知道女主角的過去，頻頻要她告知她生命中是否還有別人。從本體論上看，女主角原為男作者所塑造，他豈不知她的一切？然而這就彷彿男作者塑造了一個謎樣的女人，再為她傾倒（似乎再度延伸了《法國中尉的女人》的情境），真實與虛構的界限再度混淆，而這也是〈人工智慧紀事〉性別主題的延伸。

在〈愛情備忘錄〉中，女主角反客為主，質疑書寫行為本身便是扭曲。她認為男作者要求她吐露所有祕密，僅為了掠奪她的過去，加以改寫，因為對男作者而言，寫小說為其最大的執著，而他只想滿足大男人本位的性幻想。女主角諷刺男作者的愛具有強迫性，男作者從不瞭解她，不願正視她的主體性。反諷而無奈的是，女主角說得再多，都是雞同鴨講。即連最鋒利的攻訐也不過在激惱男作者的同時，瞬即激起新的色慾：「盯住她因為提高聲音而血行暢旺的面容，對我是一種詭異的美感」（74）。男作者並不因她而開始自省不對等的兩造關係，反倒認為女主角褊狹、強詞奪理，然而在愛情的魔力下他願意對她「勸喻」、「包容」、「卑屈」。誠如女主角對他的犀利指控：「你自以為的善意之中，可能有明目張膽的殘忍」

（74）。他的愛情誓言重中的仍是女人（從）屬於他：「啊，不要強調你與我的分別，你原本屬於我」（75），而同時他繼續幻想著女主角只是欲拒還迎，難敵他的男性魅力。最諷刺的是，一廂情願的男作者最後對女主角霸王硬上弓，一邊還「被我自己這份無怨無悔的愛心感動到了」（76）；面對女主角「垂掛下失血的頭顱」（76），他還可以說：「直到今天，我知道自己仍然苦戀著她，用我滿腔的浪漫、最大的善意，與無以名狀的癡迷」（77），在此連語言的意義都被掏空了。

男作者對女主角的強迫性、獨佔性愛情也寄喻了大陸對台灣的專橫。男作者藉著對女主角施暴，向世界宣告：「從過去到未來，我們的命運糾結在一起。你屬於我，你與我不可或分」（76），但從此她愈漂愈遠，「於是我焦慮地極目張望：正像一塊偌大的土地，對一個小島的召喚——我還抓得住她嗎」（77），但大男人／大中國卻繼續自欺欺人，陶醉在自己強迫性的愛情和話語裡：「不，我絕不能夠放走她！我承諾過……給她一幅幸福的遠景。喔，我多麼愛她」（77）。

男作者的裹脅令人想起〈禁書啟示錄〉裡對「祖國」的一個解釋：「意味著含糊的、武斷的、籠統的裹脅力量。通常以感性為名，卻抹滅了對差異的關注。所有誇大祖國的向心力而無視於各種細膩區別的人士，都可以稱作沙文主義者」（56）。如果〈愛情備忘錄〉的男作者以其上帝般的權力獨斷地掏空了語言的意義、以強迫性愛情裹脅女主角，〈禁書啟示錄〉則顯現台灣社會打破一言堂後的歧義與衝突。[2]〈禁書啟示錄〉想像後解嚴的時代出現了禁書，因它提供每個名詞雙重相悖的解釋，使得人們將所有時間消耗在語言和概念的分歧中。男作者與女主角也開始爭執猜疑，相持不下，然而男作者至少開始自省：懷疑自己是否真愛女主角？或者即使愛她，是否「願意按照她對『愛情』的定義愛她」（57）。甚至醒悟到：在過去解嚴前「混淆的大時代裡，曾經是矛盾與錯亂，讓我們在一起生活得何其容易」（58）。在此，他的反思涉及的不僅是男女不對等關係，也影射威權體制下一黨獨大、以大中國為中心的台灣。男作者與女主角皆欲燒毀此書，以便和好如初，卻又捨不得。小說最後是個開放式的曖昧結尾，但卻暗示：瞭解雖可能造成離異、紛爭、痛苦，然而人們拒絕繼續無知下去，因此未來不應有禁書。

和〈歧路家園〉一樣，〈烽火隨想錄〉也處理外遇，然而這回卻是女主角的丈夫外遇。異乎前面幾篇小說，作者性別不明，對女主角也並無愛意，想像與投射的關係反而繫乎書寫時期的戰爭背景。雖然如此，書寫者所擁有的知識資本仍使他具有傳統定義的男性氣質，特別是他的女主角是個封閉保守、認命可憐的傳統型女子。作者想像一個被有錢台灣丈夫派住美國的台灣女子意外發現丈夫外遇，卻無力採取行動，因為丈夫即使低頭看報，也有「讓被豢養的妻子閉上嘴的一份理直氣壯」(65)。女主角思量自己各方面的弱勢及附屬性，包括丈夫以美國較安全為由要她長居美國，其實真正的緣由是分散家產，而她連動用丈夫財產之權利也無。作者想像女主角試圖藉讓自己置身危險中來向丈夫抗議，卻連反戰示威活動也不敢參加。作者寫作時期，正值波斯灣戰爭期間，於是小說創作與戰爭的頡頏和對比平行格外凸顯。寫小說是試圖要維持日常生活的秩序，抗拒戰爭的瘋狂。但作者不免覺得驚惶失措的女主角恰如面對美軍轟炸的伊拉克難民，在強弱懸殊下充滿無力感。作者不斷試圖想像女主角是否可能被戰爭激發出戰鬥性，卻終歸失敗。女主角既無法像海明威小說《戰地鐘聲》裡的瑪麗亞成為烽火兒女，也看不懂畢卡索的反戰名畫《格爾尼卡》的嘲諷寓意。於是激情的作者不禁跳出來指導女主角：「你應該站出來，挺身為不合理的事情抗議」(67)，甚至點撥她《格爾尼卡》的真義。女主角的認命與怯懦顯現傳統女性的局限，但作者氣憤之餘，卻也發現身為書寫者，他對時局的無奈、缺乏行動力一如女主角。然而作者一直到最後這刻才驚覺自己的無力，早先他一逕將自己企圖顛覆弱肉強食世界的希望寄放在女主角身上，而女主角即是他自己的陰性自我之投射。

敍述者暗批美國軍事武力及某些台灣商人的唯利是圖(女主角之夫搶購美國軍火公司股票)，其反戰立場透露女性主義視角。但若分析波斯灣戰爭的三造關係，敍述者更大的無力感可能在於：如何讓蠻橫的伊拉克一開始不先侵略他國、製造戰爭？

二、性別、書寫與記憶

前面討論的後設小說已顯現平路對性別與書寫之關注，透過男作者（或具有男性氣質的作者）與女主角之間的互動，書寫被去自然化（denaturalized），顯現其虛構的過程。此過程涉及（男）作者愛慾或暗昧自我的投射，以及（男）作者與現實世界的關係。當（男）作者與女主角不可思議地平起平坐，它非但打破真實與虛構的界限，也暗示（男）作者的上帝位置和性別意識受到挑戰，甚至被顛覆。然而各篇中（男）作者的性格及地位不一，對待女主角的方式亦互異。不論是面對〈歧路家園〉裡懼內的弱男，或〈愛情備忘錄〉中的強勢男人，女主角的質疑正是要質疑小說究竟是女主角的故事？抑或（男）作者自己的故事？最糟的便是像〈愛情備忘錄〉裡，女主角的故事全然被男作者曲解、消音。此外，〈烽火隨想錄〉、〈愛情備忘錄〉、〈禁書啟示錄〉中亦暗示構築現實世界的語言含有虛妄性，例如大中國、大美國思想所使用的語言。[3]

前述小說大抵藉由拆解小說成規，讓我們看到小說的虛構性。《百齡箋》的另一些小說裡則讓我們看到歷史的面向，探索構築歷史、現實的言說之人為性（artificiality），其拆解的除了小說外，包括了書信、自述、口供、新聞影片等一向被視為真人真事的文類。以下對書寫的討論將是廣義的言說、敍述。就像後設小說拆解了寫實主義小說裡被自然化了真實，自從懷特（Hayden White）的《後設歷史》（*Metahistory*）以來歷史書寫也受到質疑。何琪恩指出，「在今日的小說與歷史書寫中，我們對於經驗論式、實證論式知識論的信心已然動搖——動搖，但也許尚未摧毀」（Hutcheon 106）。又說，「歷史和小說都是文化的符號系統、意識形態建構物，其意識形態包含了它們自主自足的表面」（Hutcheon 112）。以下討論的小說其寫法係拆解式的，或多或少諧擬了歷史書寫，因此具某種後設特質，雖然只有〈手稿〉才算是結合了歷史書寫與後設小說的歷史後設小說。

前述的小說藉探討性別與書寫的糾纏，觸及的主題由愛情婚姻，到解嚴後台灣，到兩岸關係，到台灣與全球（尤其美國）的關係，其中記憶的母題已若隱若現。〈岐路家園〉中男作者回憶從前，由今昔對比看出自己對愛情、婚姻、寫作的價值觀之改變，〈禁書啟示錄〉中則回憶解嚴前一言堂時代的和諧，思考台灣今昔言論自由的程度與問題。在《百齡箋》的另一些小說中，性別、書寫與記憶間的纏結關係更被深入探討。書寫常關乎個人或集體記憶。〈禁書啟示錄〉中提出了對「記憶」截然相悖的兩種定義：(1)彌合過去的斷裂與傷痛的機制，因此「往事在記憶中愈趨溫馨與和諧」（53）；(2)不斷以新取代舊的層層欺瞞，因此

「真相也在記憶中愈趨分歧、紊亂、難以辨識」（53）。不管就個人或國族歷史記憶，平路犀利地發覺其中彌合與分歧，救贖再生與欺騙扭曲的雙面性。在〈童年故事〉、〈百齡箋〉、〈手稿〉、〈婚期〉、〈禁書啟示錄〉、〈小與大〉、〈天災人禍公司〉和〈世紀之疾〉中對此有深入探討，也牽扯了性別、愛慾與權力關係。此外，《百齡箋》裡並非皆由男人敍述，〈百齡箋〉、〈小與大〉、〈婚期〉便由女性敍述。而就像男性敍述者彼此有所差異，女性敍述者亦然。不同性別與位置的書寫者究竟在召喚記憶？抑或扭曲記憶？書寫是否成功？

〈百齡箋〉與〈手稿〉兩篇小說中，分別透過顯赫的宋美齡和歷經情人因反對運動遭逮捕的平凡女子的（被）書寫，重建也拆解戒嚴時期的歷史記憶。和《行道天涯》一樣，〈百齡箋〉試圖將樣板的、神格的人物去偶像化，不但尋找正史的縫隙，質疑、改寫正史，且重新審視舊有的意識形態；但批判的精神比較在於小說的取角，而非形式上的後設。〈百齡箋〉中以嘲諷夾同情的語調，描寫宋美齡藉書寫戰勝時間，贏得了她與蔣介石以及與蔣介石的眾多女人之間的角力，最終卻發現她仍依附丈夫，且未必戰勝時間。小說以她百歲生日前幾日仍忙於寫信開始，她自豪地扮演先知角色警告世人。她寫信係為了留下她對有關她個人及蔣介石歷史的版本。這包括他們政治聯姻之內涵，與他們參與的中國／台灣歷史之評價。但縱使她自詡能寫，屬於她的那段歷史及價值觀業已成為過去，對年輕人而言，她僅是和日本金銀婆婆一樣的人瑞。

異乎〈歧路家園〉、〈愛情備忘錄〉等的女主角為被書寫者，宋美齡則是書寫者。她是活躍於政治的新女性，擁有遠較許多男性更高的社會地位與發言權，但〈百齡箋〉質疑她是否真能說出她的故事，說出歷史真相，或者是否真有歷史真相。[4]就一個在戒嚴時期被半神格化的人物，她原不可能和盤托出恩恩怨怨、不足為外人道的祕辛。更何況，詮釋真相的角度複雜曖昧，涉及了各種利益、利害關係。例如在西安事變上她本與丈夫各執一詞，她本以為她在〈回憶錄〉中替張學良辯護是「在對歷史負責，她可是要對得起歷史」（187），然而當她成了失權的遺孀、意識到她的權力來自丈夫的庇蔭之後，她不得不捍衛他，以便捍衛自己，遂將自己的轉變歸之於歷史的曖昧難解：「她對得起誰？誰又對得起她？」（187）歷史的弔詭是，她與丈夫角力了一輩子（包括維持她的獨立思考、不袒護他，包括以拒絕生育抵抗父權家庭，包括藉由與男人調情來平衡丈夫擁有眾多女人），最後卻須抹去他們之間的歧異、恩怨、愛恨，成為他的代言人。當她自認她的信箋之意義為「她終究獨自擁有了——再不容人曲解的他」（185）時，她所提供的反倒是最單面、最樣板的歷史解讀。她寫信時一改再改，小心措辭，正是要勾繪出這個樣板：「許多信都是要留作研究民國史的檔案，她擔心落人口實，引起不必要的麻煩」（157）。

〈百齡箋〉顯現歷史的歧義性。歷史書寫所仰賴的檔案照片可以有不同解讀。〈百齡箋〉拆解開羅會議的照片：不懂英文的蔣介石尷尬地與邱吉爾同座，宋美齡則為了與丈夫角力，故意不幫他解圍，一面與羅斯福調情。歷史照片甚至可以作假。在蔣介石病危、外界盛傳他已逝、為了闢謠不得不讓三中全會主席團見他之時，她狠心紮緊老夫肌肉萎縮的手，掩飾其病情，而似乎看到了他苦苦求饒的眼眸：「那時候已經機不可失，即使最短暫的一瞥，足以使人們相信他還在那裡……全國人民沒有比現在更需要一張照片，一張照片就能夠支撐人民度過難關」（190）。此處的反諷是統治者已無法視事，卻以「人民」之名不敢或不願移轉政權，唯恐威權政治一夕崩潰。此處政權的半真空狀態也令人想起在〈虛擬台灣〉裡，一九八七年新聞影片中的蔣經國，經由電腦影像放大處理，赫然發現其「左眼裡一片死魚般的灰茫，瞎了？一隻眼睛全瞎了？還是兩隻眼睛快看不見了？」（91）。

〈百齡箋〉並非要抹煞宋美齡的一切。做為中國／台灣第一夫人，和蜚聲國際的外交家，她在某方面確實功勳彪炳。但〈百齡箋〉重新想像她盛名背後的點滴，顯現她做為一個女性從政者的策略、侷限與妥協。例如她深知在一般人眼中美貌的加分功效，「依據過去每一次的經驗，即使開羅會議這種改變人類共同命運的歷史盛會，報紙上的新聞總是從她的衣飾講起，一件件巨細靡遺」（165），嬌嗔之餘，她嚴格控制體態，為了不願大笑造成肌膚下墜她竟因此顯得威嚴。然而西方記者將她東方戀物化、忽視她是有見解的女人，有時也令她難堪。最恥辱的經驗莫過於國民黨敗戰、撤守台灣時，她向杜魯門要求美援四處演講，美國報紙隻字不提，而《紐約時報》卻以整版報導她被選為世界十大美女。一直到詹森主政她才能再見到美國總統，但外交戰場再也揮灑不開。而同時，她的權力乃依附於丈夫而生，她缺乏經營布局的權力慾，當蔣經國上任，她立刻被架空：「信任的人才有的涉案有的遭到撤職，旁觀的外人倒看出端倪，清一色換上了太子的人馬」（179）。就像蔣介石，她的思維環繞在國共鬥爭上，但隨著反攻大陸夢想日漸渺茫以及她的失權，她的歷史書寫僅能逆時間地不斷回溯對日抗戰時期（包括其間的國共鬥爭），以便不斷召喚她權傾一時的光榮記憶。但一邊寫她不由得感到時間的詭計，時空的轉換使得她的信也失去了意義：「她在給誰寫信？……她在說什麼？……然而誰記得呢」（174）。

〈百齡箋〉暗示她以國共鬥爭為核心的思維無法因應台灣社會民主化、本土化的呼聲。她可以在信中召喚民主國家的價值（174），卻從未質疑丈夫所代表的威權體制以及大中國中心。當她在民主化、本土化了的台灣愈來愈像「外來的借住者」（160），她僅將此解讀為失去權勢的結果，竭力捍衛丈夫和自己。「一本本未經授權的傳記、未經批准的小說，書裡甚至模擬她的口氣、偽造她的信函、誤解她的想法」（194）只讓她認定「她其實需要丈夫的庇蔭，而她始終活在那樣的庇蔭裡」（195）。而當然〈百齡箋〉也是未經批准的小說，此處的自我指涉（self-reflexivity）暗示整篇故事虛構的框架，但這是唯一出現的一次。而〈百齡箋〉的意旨與其說是誤解，不如說是拆解她與父權的同謀，拆解她矛盾的女性意識。

就他們夫妻感情而言，她的信不僅扭曲真實，且是一個憤怒遺孀的巧妙復仇：她要不斷寫信，讓鶼鰈情深的證據更加確鑿，以便與丈夫寫給情婦的濃烈情書比賽（181）。她會自欺「幸而她記得所有的事，不至於讓真相沉埋下去，她必須振作精神來寫信」（182）。她「立誓要用橡皮擦拭已然寫在紙上的歷史」（183）。故事更反諷地描寫宋美齡一生寫了無數封信，字斟句酌，在百歲生日當天才想到從未寫信給丈夫。當她啟筆寫給死者時，似乎是在孤寂與死亡的恐懼下，需要他相伴，但她的信僅是諧擬《長生殿》劇中纏綿悱惻、天長地久的愛情，其虛幻性正在於她此刻所召喚的「介石夫君」是浪漫化了的、能給她「恩寵」的戀物／屍體。而同時頑強的生命力與自戀讓她自嘲「什麼時候起？我會跟死人寫信了？」（196）最後她「危顫顫笑著，臉上艷如桃花」（197），想的不是與死者相聚，而是百歲壽宴的歡慶。

如果宋美齡代表戒嚴時期統治者以及一個妥協了的新女性的思維，〈手稿〉則猶如另一面，呈現戒嚴時期反對運動者的歷史記憶。弔詭的是，〈手稿〉的男作者曾從事學生運動，但他的小說不直接寫反對運動，而是描寫一名女子其昔日男友從事反對運動，她想找回失去的愛情手稿。在此男作者似乎試圖追索舊時記憶，但最終對於歷史記憶抱著曖昧的態度。

就像第一部分所討論的諸篇故事，男作者與女主角的投射和認同關係耐人尋味。不同於〈烽火隨想錄〉，〈手稿〉的男作者從一開始便感到無力，書寫的行為像是挫敗後的自我排解，但似乎也是潛意識裡重探舊時記憶。女主角顏玉雖有名字，並且就像個活人不斷跑來拜訪男作者，然而男作者承認：女主角叫什麼一點也不重要（104）。男作者曾是頭綁白布條抗議的學生，因與黨外有關係，常被警總傳去問話，後來他銷聲匿跡，在報社副刊版當文字撰述，自願放棄那段記憶。書寫顏玉的故事有如被壓抑記憶之重返。他並非挖空心思要寫顏玉，而是顏玉像個瘋女人跑來找他。但他又是個頹唐的作者，所寫的小說被認為單調、概念化、缺乏賣點、無關痛癢。他一邊寫，一邊面對了副刊主任不留情面的批評，寫作焦慮又投射到顏玉上。例如在被主任削了一頓後，他感到報社像「生產線一般的廠房」（104），想到「顏玉臉上彷彿迷了路的那副表情」（104）。然而為了生活，即使他的憤怒亦無法持久。他的挫敗消沉使他成為陰性的男人。而就像顏玉，男作者也失去了愛情，因為妻子成了植物人。

出入於虛構與現實之間，男作者不斷對顏玉投射了他的慾望。書寫成了對記憶的辯證思索。起初，透過對記憶的執著，顏玉似代表了男作者對過去的執著，因為在某方面，個人之完整自主似乎繫乎於此。顏玉的戀人因參加政治反對運動繫獄，她倉皇離台，在國外翻閱國民黨營舊報，卻發現不論一九四九年淪陷前，或解嚴前政治反對運動者受審時，報紙均扭曲或抹煞事實，顏玉遂有被迫害妄想症，神經質地害怕別人混淆了她的記憶，並選擇與世隔絕。當她終於回台時，發現年輕人缺乏歷史感，且失戀只要兩三天就痊癒，便感到陌生不適應。然而，弔詭的是，男作者卻漸漸感到在經歷某種創傷後，記憶早已斷裂、被重塗改寫。顏玉離台前銷毀所有愛的信物，之後努力以手稿拼湊對戀人的記憶，因此不可避免地失去了部分記憶。如今丟了手稿，記憶二度缺損。當男作者開始在報紙上連載小說時，他遂「懷疑顏玉將永遠找不到她的手稿，而所謂手稿的遺失過程，本來是一卷她精心編纂的過去」（112）。男作者認為手稿必須遺失，因為過去的生命不堪時間的驗證。

然而當男作者顛覆，甚至瓦解顏玉手稿的意義的同時，他這篇連載小說也成了無意義的延續。他必須使記憶再與當下有關，也就是重讀記憶，甚至重新瞭解顏玉。但他的努力似乎一再失敗。起初他像是被趕鴨子上架地配合主任要求，加入煽情的性描寫。他將自己的狼狽投射於顏玉身上，他想像她唯一的一夜情的緊張困窘，卻又嘲弄她的性冷感如何使她懷疑「或許她所有的熱情只在寫那卷手稿的時刻」（117），於是「只有回憶過去的時候，她的存在才有確切的意義」（117）。換言之，男作者認為顏玉是因為此刻的匱乏以至於美化了記憶，手稿之失使她無法驗證過去的存在、不能解釋自己為何虛擲青春，而這恰是顏玉所想要的模糊。他繼續想像：若顏玉走出其封閉記憶，臆想其與愛人終於重逢，勢必因對方已世俗化而神傷，她遂領悟到當年並不瞭解愛人對左派理論的熱情，也從未理解愛人。但此時主任再度質疑男作者既不瞭解女主角，也不瞭解讀者。男作者則似乎得到自信，將寫作焦慮翻轉為有利的論點：「與我們一般的概念恰巧相反，或者欠缺瞭解才是相互繫念的必要條件？……我想到編者不瞭解他的作者、作者不瞭解他的讀者，而不瞭解，對於顏玉，竟是她這半生矢志愛戀的基礎」（123）。

然而男作者何以將顏玉塑造成悲情、愚騃的女子？是為了檢視以往反對運動中比較以男性為中心的性別政治？抑或批判自己年輕時對共產主義的熱情？或者只是映照自己在遠離抗爭活動之後的消沉？三種可能都存在。小說結尾對歷史記憶仍是曖昧的。歷史記憶似乎被放進了括號，存而不論。男作者認為顏玉代表的是對永遠失落的傷感（「我覺得自己說不出來地瞭解顏玉……我們都已經遺失了部分的自己，記憶裡熟悉的世界，早已經離我們而去」（123）），同時嘲諷悲情正在於將記憶等同於「幸福」，將之無限美化（「急於寫回憶錄的人從來不是要追溯過去，只是要說服別人……某個地方還保有一份自己遺失了的手槁」（123））。然而此處似也蘊含走出悲情、再創未來的新思維。

做為一篇歷史後設小說，〈手稿〉的某種曖昧性讓人想到何琪恩說：「歷史與後設小說的互動凸顯了對於宣稱『真實』再現與宣稱『不真實』複本的同時拒絕」（Hutcheon 110）。渥也指出，後設小說建構虛構幻覺，再拆穿之（Waugh 6），呈現出「現實**或歷史**也是暫時的：不再有永恆真理，而只有連續的建構、人工製品、不完美結構」（Waugh 7，粗體字為筆者所加）。然而一如〈百齡箋〉，〈手稿〉一方面警覺於歷史書寫的某種曖昧性，另一方面其背後的史觀並不曖昧。此外，若將兩篇相比，還有另一層性別思考。〈百齡箋〉和〈手稿〉的敍述者均由現今的頹唐轉而召喚過去的「轟轟烈烈」，但宋美齡仍有某些聲望，男作者則無。宋美齡依然緬懷自己的光榮歷史、並不自覺國共鬥爭思維的不足，男作者則在書寫中批判了自己的悲情。宋美齡鬥志高昂地書寫，漠視自己的挫敗感，且不惜簡化、掩蓋、扭曲歷史以贏得百歲名女人的勝利；男作者則在書寫中探討書寫的挫敗、時間的弔詭及自己性別意識上的盲點。

就像〈百齡箋〉與〈手稿〉對台灣集體歷史記憶的探討可相互參照，〈童年故事〉和〈婚期〉對個人記憶的探索也可相互對照。〈童年故事〉和〈婚期〉中，敍述者分別是得意的男人與失意的女人，其記憶均與母親有關。〈童年故事〉嘲諷一個馳騁情場的男人藉不斷改寫、編造童年記憶，形塑個人形象，以便操弄其在不同階段裡與女人的關係。有趣的是，不論如何的變，他所召喚的都是女人的母性，要求女人像寵溺小男孩般地對待他。例如最早他與女人常有感情糾纏，他便不斷提起自己的戀母情結，強調童年時母親如何像「包容一切的大地」(26)，因此一生都想再回到母親身邊，藉此他向女人暗示「我雖然愛她，我尤其習慣被人愛」(27)。當他變得喜歡逢場作戲，與女人重複著毫不動情的肉體關係，他又稱係因童年時生母早死，記憶中的母親大半為繼母。而令他暗笑的是，女人竟被他楚楚可憐唬死，動了真情，意欲虜獲、甚至感化他，害他為了圓謊，不得不自稱因童年記憶而注定今生薄倖，並且被自己的說辭感動得黯然神傷。無疑地，較諸〈歧路家園〉、〈愛情備忘錄〉的男作者，男敘述者更是「成功」的書寫者，因他靠編故事便大有斬獲，無需再假借小說投射慾望。〈童年故事〉以詼諧諷刺的筆法描寫他雖無往不利，卻抗拒不了衰老。更弔詭的是，他的書寫扭曲了記憶，以致虛構的故事最後消溶了他真正的童年。

若說〈童年故事〉裡是情場得意的男人，〈婚期〉裡則是自小被單親母親壓制、譏誚，卻無法擺脫母親的失意女子，兩人說話的位置懸殊。〈童年故事〉中的男人以向女人編造記憶博得女人寵溺，〈婚期〉中的女子藉著縱火毀去所有記憶，而其口供則為其「第一次掌握敘述權」(邱貴芬152)。透過女性縱火犯精神分裂式的自敘，〈婚期〉既嘲弄傳統女性對幸福婚姻家庭的期待，又同情一個長年被老母親套牢的胖女人的怨懟和抑鬱。對女敘述者而言，新娘禮服以及幸福婚姻的樣板乃是戀物，結婚則是逃脫母親之法門。陰沉的母親當年未婚懷孕，男人跑了之後，似乎受到社會歧視，而將其怨艾發洩在女兒身上。因此不斷損她自尊，譏諷她的外形，藉毀去女兒夢想來平衡自卑感。母親正希望塑造比自己在世俗價值上更「失敗」的女人，以得到滿足，而從未真正挑戰此世俗價值。母親謊稱敘述者之父為消防隊員，死於大火，給予了敘述者縱火的一個誘因，然而大火（無論謊稱的，抑或真實的）燒不去一個社會邊緣女子的自卑與陰暗記憶。

緣於女敘述者與母親之間的角力關係，以及女敘述者對想像的固著，真實與虛幻的界限也模糊了。在故事一開始時，女敘述者徘徊現場，其縱火的記憶已恍惚模糊，她反而懷疑有人擅自抄襲她腦中意念，而她的犯行也不過是她的意念罷了。縱火前，她對幸福婚姻的想像使她沉湎於愛情神話，難以處理想像與現實之間的鴻溝。她與振維的婚約及解約有如鬧劇。即使她察覺振維勉強，仍自欺地攀附他。但在她的愛情幻想裡，她卻又只是披著婚紗的單身女子，她其實害怕身體接觸、違論性交。解除婚約後收到放大的婚紗照，使她在母親面前再度落敗、受辱。但早在她年輕時的極短篇小說〈愛情屋〉裡，她已借助一個男性敘述者之口，呈現對愛情屋的憧憬及其必然毀滅的預感。若說〈愛情屋〉及愛情幻想乃是某種形式的書寫，則它們非但係由父權文化所生產並穿透，且總已受到恐怖母親的威脅。

卑微的女敘述者既無法成為像宋美齡般的書寫者，也不能像〈歧路家園〉、〈愛情備忘錄〉等之中楚楚動人的女主角，成為被書寫者。唯有透過口供，當女敘述者重新檢視記憶中陰暗的層面，方才讓我們同情並理解了她縱火背後之憤怒與絕望。口供是斷裂錯雜的書寫，它暴顯了一個邊緣女子真實與虛幻、憧憬與殘酷間的分裂，但卻可能是讓她彌合記憶傷痛的契機。

《百齡箋》裡還有幾篇未來世界寓言，像赫胥黎（Aldous Huxley）《美麗新世界》（*Brave New World*），藉反烏托邦（dystopia）提出對未來世界（包括台灣）的憂慮。平路的憂心忡忡或許是杞人憂天，也或許是洞燭機先。平路彷彿將她的恐懼放大，以便提醒人們防患未然。她的想像力從當下隱現的問題出發，具有超寫實的飛躍。同時，〈小與大〉和〈世紀之疾〉也是關乎歷史書寫、記憶與性別的小說，從虛擬的未來想像現在。

〈小與大〉探討未來世界的歷史失憶症，似乎寄寓了平路對未來台灣併入大陸（或者全球板塊）、失去原有獨特性的悲觀想像。一個母親，在西元二五〇〇年借用小王子的故事向兒子述說以前島上的事，虛構的童話與歷史記憶交錯，敘述的困難在於無法讓孩子瞭解她對業已消失的小島的思念及遺憾，無法說清浩劫如何發生而她自己又如何倖免。在這灰暗的視象裡，歷史記憶只存於她的敘述，但敘述所涉及的語言概念卻又超乎孩子的想像和理解。孩子能理解的是善惡分明，因此他頂多只能瞭解母親之依戀小島，就像小王子只愛心中唯一的小花，而「凡是大的，就統統叫作壞東西」（12）。其實浩劫並非實際的戰禍，母親也不曾逃走。她仍住在昔日的島上，消失的是昔日小小的文明。

小與大，蘊含了邊緣與中心、甚至女性與父權的關係。在傳統父權體系裡，小、邊緣、弱勢均佔據了陰性的位置。平路想像未來世界的父權宰制比今日更烈。浩劫乃是無聲無息意識形態的席捲，讓「大的呑下小的、強的兼管弱的」（11）：「諸多大的事物，——除了它們都很大之外，彼此並沒有相關，關鍵時刻卻一一連繫起來，成為不可改變的現實；卻又不只是現實，後來——更可怕的，還是一種人人視為當然的狀態」（12）。相對於兼併弱小的勢力，諸如「大閱兵、大趨勢、大陸塊，……還有大江大河等等大到很抽象的東西」（11），女敍述者像個無力的異議者，執著於她對弱小、邊緣的愛。而向孩子述說則是企圖反父權地傳遞母親的歷史記憶，但她的述說（某種形式的書寫）終歸失敗。

就女性意識而言，女敍述者遠比宋美齡鮮明、堅定，也因此她遭遇更大的書寫困難。女敍述者試圖讓孩子瞭解他所生活的烏托邦乃是反烏托邦。正因孩子生長於大版圖裡，心中從未有小小的文明，所以眼前這「大到失去了邊際、大到抹滅了差異」（13）的世界「竟是幸福的印記、竟是完美的表徵」（13）。但要讓他明白他所認知的幸福乃是泯除了差異之後的恐怖，卻又談何容易？「現在的紀元裡，文字失去效用，人們不需要邏輯也好久了」（11）。為了拆解他的意識形態，她僅能將她的故事疊置於小王子故事上，但對孩子而言，真實與虛構已然混淆，而真實的歷史記憶或許比童話故事還要虛幻。敍述者黯然感到那小島的記憶愈來愈小，淹沒在大海之中。

如同〈小與大〉，〈世紀之疾〉也想像未來世界經由父權意識形態控制，泯除了差異之後恐怖的「幸福」，然而在此則是男同性戀已被「消滅乾淨」（16）的新世紀，敍述者試圖找回有關男同性戀的歷史記憶。依據官方說法，男同性戀先因一場「世紀之疾」「殺死他們之中的大多數」（16），後來「多虧基因工程學的大幅度進展，加上催眠、洗腦、藥物療法……終於『治癒』了社會上所有『畸零』的人」（16），此處，極其異性戀中心與恐同性戀的語言顯現異性戀主流社會的壓制與歧視。性別壓迫因此不限於男人對女人，而也可能是男人對男人。於是在「這一塵不染的世界裡，意識到自己的不同，就是將本身置於極大的危險中」（16）。雖然如此，男敍述者質疑官方說法，而寧可相信男同性戀所以消失，是因厭倦了「目前這想像力極為匱乏的世界」（17）。他試圖以各種方式重新想像上個世紀男同性戀的性事，包括借助夢和電腦虛擬。他的身體也成了某種書寫工具：若能與他暗戀的男人一起「找到那把開啟情愛之門的鎖鑰，我們將是族裔曾經存在——不容否認的見證」（18）。然而由於喪失歷史記憶，男男之愛的溝通技巧與愛的能力也一併失傳，敍述者的尋覓終歸枉然。

做為一個小說家，平路是敏於社會、政治觀察以及科幻想像的，她的視野從私領域到公領域，從愛情婚姻到台灣處境，從現在到未來，具有大開大闔的氣勢。她對差異、弱勢的關注，使她既探討強勢男、第一夫人，也挖掘懼內男、男同性戀、胖女人的心理。《百齡箋》中男男女女不同的書寫位置以及對記憶的不同處理方式提供了對於性別與權力、虛擬與真實、書寫與記憶糾纏關係的複雜觀照。而其關乎的不僅是兩性權力關係與愛情幻想在書寫和記憶中所佔據的位置，而也是台灣將如何書寫她的過去記憶與未來歷史。

（作者爲台大外文系暨研究所教授）

＊本文原出版於氏著《情色世紀末：小說、性別、文化、美學》（台北：九歌，2001），頁197-227。

注釋

1. 王德威指出，「他焦灼憊懶的姿態，卻直指一種無從著力的虛脱感。這是一個製造、並追逐的巨星時代，是否也是個頹廢版的造神時代？而飄流海外的華人又何以如此熱中製星追星？」（15）
2. 狂想小說〈台灣奇蹟〉中諷刺台灣政治與文化之混亂、喧嘩、庸俗化傾向，顯現平路對解嚴後民主化、自由化過程尚未發展成熟的憂心。參看王德威16-20。

3.大中國的威脅當然遠大過於大美國。在科幻後設小說〈虛擬台灣〉中，台灣前途問題被化爲電腦虛擬遊戲，敘述者在影響台灣現況的外來勢力「日本、美國、中國」三個選項中，便無奈地挑出中國（95）。

4.參看梅家玲對《行道天涯》的解讀，頁314-16。

引用書目

王德威。〈想像台灣的方法——平路的小說實驗〉。《禁書啓示錄》。台北：麥田，1997。11-32。

平路。〈人工智慧紀事〉。《禁書啓示錄》。175-200。

——。〈小與大〉。《百齡箋》。台北：聯合文學，1998。9-14。

——。〈手稿〉。《百齡箋》。101-23。

——。〈玉米田之死〉。《禁書啓示錄》。41-63。

——。〈世紀之疾〉。《百齡箋》。15-23。

——。《行道天涯》。台北：聯合文學，1995。

——。〈在巨星的年代裡〉。《禁書啓示錄》。65-99。

——。〈台灣奇蹟〉。《禁書啓示錄》。101-23。

——。〈百齡箋〉。《百齡箋》。154-97。
——。《百齡箋》。台北：聯合文學，1998。
——。〈歧路家園〉。《百齡箋》。36-48。
——。〈郝大師傳奇〉。《禁書啓示錄》。201-24。
——。〈婚期〉。《百齡箋》。124-46。
——。〈虛擬台灣〉。《百齡箋》。89-100。
——。〈禁書啓示錄〉。《百齡箋》。49-60。
——。《禁書啓示錄》。台北：麥田，1997。
——。〈愛情備忘錄〉。《百齡箋》。70-77。
——。〈烽火隨想錄〉。《百齡箋》。61-69。
——。〈童年故事〉。《百齡箋》。24-35。
邱貴芬。〈書寫女性的黑暗大陸——評平路的〈婚期〉〉。《百齡箋》。147-53。
梅家玲。〈「她」的故事——平路小說中的女性．歷史．書寫〉。《中國女性書寫——國際學術研討會論文集》。淡江大學中文系主編。台北：台灣學生書局，1999。289-321。
Fowles, John. *The French Lieutenant's Woman*. Boston: Little, Brown, 1969.
Hutcheon, Linda. "Historiographic Metafiction: 'the Pastime of Past Time.'" *A Poetics of*

Postmodernism: History, Theory, Fiction. New York: Routledge, 1988. 105-23.

Huxley, Aldous. *Brave New World.* New York: Harper & Row, 1932.

Pirandello, Luigi. *Six Characters in Search of An Author.* Trans. John Linstrum. *Pirandello: Three Plays.* London: Methuen, 1985. 65-134.

Waugh, Patricia. *Metafiction: The Theory and Practice of Self-Conscious Fiction.* London: Routledge, 1984.

White, Hayden. *Metahistory: The Historical Imagination in Nineteenth-Century Europe.* Baltimore, M. D.: Johns Hopkins UP, 1973.

附錄

「她」的故事

——平路小說中的女性·歷史·書寫

梅家玲

放眼現今台灣文壇，平路無疑是女作家群中十分特殊的一位。她崛起於八〇年代中期，在多數女性作家著力於微觀閨閣情事，張致兩性關係之際，卻以〈玉米田之死〉、〈台灣奇蹟〉等思辨家國政治的小說，迭獲大獎，別樹一幟於閨秀文學之外。她對人生萬象充滿好奇與存疑，對書寫本身更有著不能自已的執著迷戀，落實在小說創作上，於是形成了題材形式的不斷實驗翻新。無論是小小說還是中長篇，是寫實還是科幻後設，她就題材拓展、形式創新方面的種種努力，固然一直有目共睹，卻由於關懷面駁雜，不主一格，兼以書寫取向重思理，好議論，每使讀者忽略了她女性作家的身分，以及小說中（有別於一般「典型」）的女性特質。不過，近年裡，她不僅在文化評論方面屢就女性議題抒論，《行道天涯》、《百齡箋》、《巫婆の七味湯》等作陸續問世，更凸顯了身為「女」作家的強勢創作姿態。其中，以民國史上傳奇女性——章亞若、宋慶齡、宋美齡——為題材的系列創作，尤在彰顯其個人於女性議題方面的獨特觀照時，為「女性」、「歷史」、「書寫」間的互動糾葛，演義出多方面的思辨可能。正是如此，十餘年來，她由家國歷史而性別政治的書寫徑路，不僅見證並參與了台灣政經社會文學文化發展的曲折進程，也體現出本土女性書寫超越於一般理論之外的活力與潛力，值得重視。因此，以下論析將依循她創作的先後次第，就所關懷的三個不同面向，檢視其遞變之跡，以及彼此間的相互辯證。分別是：

一、女性與鄉土想像及性別化國家主體的糾葛；

二、創造，抑或被創造？書寫，抑或被書寫？

三、微觀歷史：從「他」的故事到「她」的故事。

其中，第一部分係由早先的鄉愁故事，討論她對傳統男性中心的鄉土想像及國家認同問題的反思；二、三部分則探討她如何經由男女兩性於創造／書寫問題上的頡頏交鋒，進而以「她」的故事（her-story）拆解並改寫（意圖定於一尊的）「他」的故事（HIS-story）[1]的思辨進程，及敘事策略。

一、女性與鄉土想像及性別化國家主體的糾葛

無可否認地，家國歷史，一直是平路小說的關懷重點。由於早年身在海外，心繫台灣，故土鄉愁，遂成為彼時小說中縈迴不去的主旋律。在《五印封緘》一書所收的專訪中，她曾坦言：

> 我的作品中由於都有一部分的自我，因此可能有相通的基調。人類與土地家國、歷史傳統的纏綿糾葛，是我從事創作的主要題材。[2]

饒是如此，她的鄉愁故事，怕不早已暗蘊了耐人尋味的女性主義層面？無獨有偶地，〈十二月八日槍響時〉、〈玉米田之死〉和〈在巨星的年代裡〉中的男性人物，一皆身在海外，心繫故園。他們家有（西化的）悍妻，琴瑟不諧，兼以事業不盡如意，在追尋個人生存意義時，其處境與處於認同危機中的（男性）家國，原本若合符節。在此，女性一方面是現實生活中頻頻挫折為夫者男性雄風的妻，是代表了異國文化社會的壓力來源；但另一方面，

其所蘊含的母性特質，卻又同時是故園鄉土的隱喻，是海外遊子思之念之的愛欲對象。從男主角們（對女性與鄉土想像、性別化國家主體）或屈從、或顛頏的依違掙扎之中，正可見出國家意識、男性主體與男性雄風之間交互作用的關係：它們互為饋補，卻也互相耗損。這種政治與欲力的循環消耗，所見證的，正是性別化國家主體的命運：傳統以男性為中心的個人認同追尋與家國意識，終不免於幻滅與死亡。[3]其間的辯證進程，正可由這二篇小說循序見之。

〈十二月八日槍響時〉是平路初試啼聲之作，處理上猶嫌淺露，向來論者不多，但它對此一議題的素樸思考，卻頗堪注意。小說主角莫阿坪，是一華裔越南人，越南淪陷後，他隻身非法入境，流亡來美，與異文化格格不入之際，故園風情總也伴隨著他的前妻阿湄，不時在心頭閃現：

風永遠軟軟的拂過，像是阿湄的手，樹叢底下，他愛把阿湄的手揣在懷裡細細搓揉……那軟軟的風繼續拂過湖水……岸上的廟宇傳來風鈴的響聲，掉進水裡：晃啷晃啷、晃啷晃啷……那時候，他是一個倜儻的青年，身材在自己同胞間不高不矮，臉上也沒有疙疙瘩瘩的皺皮……[4]

但與此同時，由於天生矮小猥瑣，懦弱無能，「可憐在西方人的標準裡只是一個孩子，一個發育不全、口齒不清、在童裝部裡買衣服的孩子」，迫於生活現實，他為了需要合法身分，「需要一個喘口氣的床位，一塊避風雪的地方」，娶了為前夫所遺棄的、已有三個孩子的南歐裔美籍女人蒂娜——雖然他「剛開始就沒有當蒂娜是女人，更別說是自己的女人」，但「好像只要殷勤的挽住那個白種女人，他便與一群一群街上游走的越南人畫清了界線」[5]。因此，縱使齊「大」非偶，床笫間每每供需失衡，力難從心[6]，他還是「寧願蒂娜是一個母系社會的大頭頭，自己便可以永遠棲息在她柔軟的膝蓋上，不必付出什麼，便過那最容易的日子」。而且，他「一定要告訴別人，他有一個白人老婆，儘管她胖得不成形狀，但她的血統是對的」[7]。

關於這一心態，他自己其實也很清楚：

他對女人豈不就是他對美國態度的一種反映：他需要美國（他也需要女人），美國是他的衣食父母（女人當初也是），但他心裡又實在恨美國對他家鄉的始亂終棄（女人雖然始終跟他在一起，但那也許比一走了之更糟糕）！[8]

顯而易見地，對處於國家認同危機中的莫阿坪而言，那溫柔婉約的前妻，已成為鄉土想像中替代性的「戀物」對象，是僵固凝止的、召喚愛欲想望的一幀幀心頭舊照；現實中強悍的異國後妻，則在不斷挑釁他男性意識與國家認同的同時，成為引發一切被虐自憐情緒的焦慮源頭。經由她的逼視，男性的國家身分，遂無可避免地落入了（被「始亂終棄」的）女性位置；生活上的多方仰恃倚賴，卻又使他自甘成為女人的「孩子」。以至於，每當他跌入溫情與苦痛兼具的昔日舊夢之中，不可自拔時，

> 搖醒他的，都是一隻肥腴的手臂，貼過來還有濃濃的體臭。在那腥腥膻膻的騷味底下，阿坪倏地覺得安全。他總是狠命抓住那厚實的肩膀，將額頭靠過去，眼眶裡湧出感激的淚……[9]

此一互動關係，正所以迫使他在男性／女性／嬰兒的位置中不斷游竄轉換，流離失所。依違其間，棄絕、否認（disavow）己身所從出的生父（祖國越南），逕自走上「漫長曲折，不准回頭的逃亡路」，自是其不得不然的選擇；而意欲與反核戰人士抗衡，期待十二月八日槍響時在華盛頓紀念碑前壯烈成仁，讓「自己能與這偉大的歷史事件連在一起，那麼他就不

再矮小、不再懦弱、也不再無能」，成為「勇敢的美國公民」[10]，終究也只能是現實生活中可笑可鄙的幻夢一場。

莫阿坪的悲喜故事，已初步展演了女性在傳統男性中心的「鄉土想像」與「性別化國家主體」議題中的複雜性格，以及顛覆、瓦解男性（家國）主體意識的潛能。歷經徒然的狂想與掙扎，阿坪終以苟且屈從，無言地宣告男性主體意識的幻滅。然而，海外遊子心之所繫的台灣，畢竟不同於已淪亡的越南——越南是回不去了，但台灣呢?她隨時等待遊子回歸的土地，她的女性，或母性特質，又將怎樣左右男性（家國）主體的形塑?

如前所述，〈玉米田之死〉與〈在巨星的年代裡〉的男主角，同樣是婚姻及事業生活中的雙重受挫者。他們個個在工作上有志難伸，卻都娶了能幹強勢、善於主控生活中大小事務的華籍妻子。相對於妻子們對台灣毫無感情，只想留在美國落地生根，丈夫們對台灣土地的苦戀之情，遂每每成為左右夫妻勃谿，甚且是個人生死存亡的關鍵：陳溪山因教孩子認方塊字、講台灣話而備受妻子奚落；一意追尋記憶中的台灣甘蔗田，卻不免離奇死亡於美國的玉米田中。在陳身上看到自己影子的「我」，因選擇內調返台，與妻子美雲宣告仳離。至於那個在〈在巨星的年代裡〉，受囑要為「巨星」寫傳記的敍事者，更是因情牽鄉土，在妻子面前雄風盡失：

「來啊！你上來；有種，就爬過來！」妻挑釁著，她斜睇的眼睛微微上挑，眼裡也有鬱鬱的恨。

——鄉土——什麼是鄉土呢？

我漠然看著她，漠然看著她柔膩的肌膚，看著那半個晃動的、或許意在挑逗的屁股，我遠遠地像看一台戲！

叼上根煙從床鋪站起，我便接著妻那怨毒的目光……

去，回去，妻說，你可以回去。她跳下床，回身猛力地帶上房門。

於是，我只能對著馬桶，站出最後一個兀然的姿勢！[11]

正是這些情節，使得它在凸顯為夫者「愛台灣」之心的表象下，隱藏了另一重愛欲的置換機制：愛美國的強勢妻子與無所施展的異國事業，成為挫折男性雄風與男性（家國）意識的一體兩面；在異國被壓抑的、被迫落入女性位置的男性（家國）主體意識，於是轉往想像中的故園鄉土去尋求重建的可能；然而鄉土可望而不可即，自必反過來深化了焦慮，並加速男性主體意識的崩解失落。甚且，即或是歸鄉夢償，也必得以犧牲婚姻為代價；此時，無所施展的男性雄風與男性意識，又將如何尋找出路？台灣，抑是美國？所關涉的，遂不只是個人婚姻事業抉擇的兩難，也是性別化國家主體建構／解構過程中的進退維谷，是政治與欲力相互消耗／饋補的循環。陳溪山魂斷異鄉，促成了「我」的毅然返台，男性主體，看似死而後生，但返台後的生活，果然盡如人意麼？且不說若干年後，「我」或又將再度返美，為美國的「台灣奇蹟」作出見證，即或是身在台北，死亡幻滅的陰影，依然長相左右。試看〈玉米田之死〉一開始，「我」在台北雨天裡的所見所感：

> 電視天線架成的十字架，一根根在灰色的水泥台上嶙峋交錯，像是一處廢棄的墳場……屋內空氣裡澎湃著的，仍是單身漢房間特有的齷齪與凌亂……一剎時，我不禁回憶起當年那棟綠蔭裡的向陽洋房，以及房裡有女主人的日子（啊！那是一種多單純的秩序！）於是，年前那由於拋棄婚姻、事業而引起的罪惡感，又像夢魘一樣，對我兜頭兜臉籠罩下來……[12]

「我」是真正回歸了，但原先魂縈夢繫的故鄉，為什麼只落得猶如「墳場」一般，引發的反是拋棄婚姻與事業的「罪惡」與「夢魘」？而對「綠蔭裡的向陽洋房」及其中「女主人」的憶念，豈不正是政治與愛欲交互作用下，循環不已的另一輪迴起點？

更有進者，如果說，前述文本中的「悍妻們」，皆是透過己身的「在場」，頻頻剝解傳統以男性為中心的（家國）主體意識的虛妄；那麼，〈在巨星的年代裡〉的劉瓊月，則是以她自始至終的「缺席」，嘲諷了男性假女性以虛構「鄉土想像」、「國家形象」的一廂情願。經由「我」與海外名醫赫醫師的對談，我們得知劉原為一本土台語片小演員，由於有赫為她做顧問、有計畫地打知名度及提升形象，星運遂扶搖直上，成為台灣票房、演技均受肯定的當紅女星。然而赫意猶未盡，他還打算藉由「我」的捉刀，為劉寫出動人傳記，塑造「巨星」形象，激勵民氣。赫的理由是：

「我想，我們國家需要的是溫和與理性，一種溫和的形象、一名懇切的巨星，象徵我們國家從幾乎不可能的困境裡站立起來。反敗爲勝，正是近年來我們國家的走向……」

「巨星的年代來臨了，同時，又因爲這位巨星這麼質樸、這麼善良、這麼富於親和性，所以她象徵的，正是我們社會漸漸進入民主的氣質……」

「事實上，她象徵的是一個奇蹟，我們國家的奇蹟……」

「我們阿月代表的是民氣、是社會的希望，一位樸實的巨星、一份平凡中的偉大，在我眼中，民主就是這樣，法治也是這樣，我們奇蹟式的經濟成果更是這樣。寫出來，感動的是參與其中的社會大眾……」[13]

可是事實上，「劉巨星」從來就不是個有親和力的人，赫也曾承認：她對人不假辭色，「從來不諂媚、不討好」，「對誰都是冷冷的」；「她真的就是一個冷漠的人，我不曾見過的冷」。對於這樣一個女人，赫醫師何以要煞費苦心地找人為她撰寫傳記，塑造親和形象？

——是因為他的戀母情結麼？（身為名醫的赫，在夢見自己身罹絕症後，驚惶不已，醒來第一件事，便是「從床上爬起來，趕快撥越洋電話找阿月」，「聽見阿月的聲音，我就放心了」）

——是因為他的愛國情操麼？（赫說：「我有興趣的是為國家做些事，平實的、理性的、漸進的、溫和的……」；「利用？說起利用，我是利用她的，利用她聚集民氣、利用她讓社會充滿愛心、利用她誘導大家更愛鄉土……」[14]

還是，意欲「創造（虛構？）」鄉土想像，投射男性主體虛幻的自戀情懷？試看他最後對「我」的告白：

「其實我這一生，只配在體制內做一點小小的改革。嘿嘿，就像我跟你說過，我這一輩子，永遠是鬧不起家庭革命的人，但體制底下，我不甘心。……」

「也許，就因爲不甘心吧！我相信形象是創造出來的，而親和力也是。」

「把最沒有親和力的人，塑造成親和力的象徵。換句話說，我可以創造形象，我可以重新創造一個女人！」

「我可以創造一份鄉土的感情！」[15]

創造形象、創造女人、創造鄉土感情——就在赫醫師喋喋不休的「創造」聲中，「真正」的女人劉瓊月，早已在女人／鄉土／國家形象連串的置換位移中，被吞噬不存。取而代之的，卻是符碼化的空洞能指，是男性虛構想像中的鄉土感情與國家形象——而這些，又都不過是「鬧不起家庭革命」的、被壓抑了的男性欲望蜃影。

不僅於此，赫醫師亟亟欲以「傳記」為巨星「創造」形象一事，實已觸及到性別議題中的另一重點：男性的「創造」與「書寫」神話。女性主義學者們早已指出：我們的文化深深根植於各種男性本位的創造神話裡；如基督教就建立在上帝——父親的權力基礎之上，「是他從『無』中創造出自然萬物」。而女性作為文化的產物，「她」是一個藝術品，「但從來

不曾是一個雕塑師」[16]。落實到書寫方面，則

陰莖之筆在處女膜之紙上書寫的模式參與了源遠流長的傳統的創造。這個傳統規定了男性作爲作家在創作中是主體，是基本的一方；而女性作爲他的被動的創造物——一種缺乏自主能力的次等客體，常常被強加以相互矛盾的含義，卻從來沒有意義。[17]

〈在巨星的年代裡〉固已揭露出此一神話的虛妄，但翻轉改寫長久以來女性「被創造」的宿命，又將如何成為可能？緣於早先海外遊子身分使然，在〈十二月八日槍響時〉以降的系列創作中，平路已對傳統以男性為中心的鄉土想像及國家認同問題提出深刻質疑，這當是她以女性立場思辨性別議題的暖身之作。此後，〈人工智慧紀事〉、《捕諜人》、《行道天涯》、〈百齡箋〉等小說，更是循由不同徑路，不斷對「創造」、「書寫」等相關議題作出辯證。

二、創造，抑或被創造？書寫，抑或被書寫？

〈人工智慧紀事〉是一標準科幻小說，內容敍述男科學家創造女機器人，賦予她種種

「人」的特質，而後相互愛戀，不可自拔。不料女機器人的情性智慧與日俱增，反覺得創造她的男人可有可無，並自行幻想創造另一愛人，終至將愛戀她、糾纏她的男人殺死，身陷囹圄。兩性交鋒之餘，也質詰了自上帝以降的男性本位創造神話。《捕諜人》則為平路與男作家張系國接力合寫的後設小說，表面上寫的是追查中共間諜金無怠死因的經過，實際上，平路所關切的毋寧是：「（女作家）怎樣才能從派定的角色中顛覆出來，創造一個勢均力敵的局面？」[18]兩作的策略固然有所出入，但經由男女兩性的頡頏，讓女性自原先「被派定」的角色中顛覆翻轉，從而辯證創造／被創造、書寫／被書寫間的糾葛，卻是在各有千秋之餘，具有一定的內在聯繫。

本來，從「性別」與「欲望」觀點著眼，由「女性」與「機器人」兩種不同質性所結合成的「女機器人」，其實已蘊含著不少弔詭。往往，學者們感興趣的是：究竟，「她」僅是一般的戀物客體？抑是已經被戀物化了的女人？「她」被創造後，會因為「非生物性」而得以免除男性（面對真正女性時）的閹割焦慮？抑或正因女性被完全科技／機器化，反而「菲勒斯」特質（**phallic qualities**）益增，以致更深化了男性的焦慮[19]？在〈人工智慧紀事〉中，平路安排女機器人對男科學家指控歷歷（「你對我的愛情，有不少程度上是在——自瀆」；「你只愛自己，愛戀那酷似你自己的部分」[20]；讓「他」面對「她」時既愛戀又焦慮，最後竟死於女機器人之手，似乎亦是由心理分析中的愛欲機制著眼，演義其具有顛覆性的、大快(女)人心的「性別政治」。然而不宜忽略的是，在此之外，女機器人另被賦予了演出「人類集體進化史」的使命，因此別有天地。小說一開始，作者即明白表示：

> 歷史眞相如何，請參閱這一卷最高機密檔案。[21]

而後，女機器人「認知一號」在讀取男科學家H為她設計的「童年」時，更是如此自白：

> 對往事，我從無知到有知：或許在我身上，正上演一遭人類的集體進化史。潛意識裡，我曾經沒有感覺，沒有形狀，也沒有性別……後來經歷了從草履蟲到哺乳動物的演變過程，再由人類的胚胎發展至混沌初開的嬰兒，然後漸漸意識到自我，甚至意識到自己的性別。以H準備要一鳴驚人的理論來解釋，人的「存在」不過是一種意識，這祛除神祕化的過程，其實是H最自傲的發明。按照H的理論建構「人工智慧」(不用說，建構出來的結果就是在下——「我」！)，H認爲更有助解答人類的智慧之謎。[22]

以是，男科學家創造女機器人的歷程，未嘗不是喻託著自上帝以來的創造神話傳統：

「所以，你孜孜於創造，想要藉著我人工的智慧，馳騁你無垠的想像力。就像在〈創世紀〉裡，亞當與夏娃所實現的，無非是上帝的夢境……」[23]

在女機器人的解讀下，H（Human?）所以要創造女機器人，其肇因，乃在於「知覺到無以跨越的鴻溝，惋嘆著無以滿足的愛欲」，意識到自己「是被造物主遺棄了的『人』」[24]。目的，原在於「為了脫出無以逃遁的命運」。也正是在這一層面上，當女機器人一方面睿智地指出H的盲點，另一方面，又自行幻想創造一理想戀人L，並將H殺死，這情節，其實已將性別議題帶入人文世界中創造與模擬、背叛與屈從的系列論辯之中；而它最大的弔詭便是：

如果說，H對女機器人的「創造」，是為了「擁有一個夢境」，是「對真實人生的背叛」，而「人的智慧也是對上帝的褻瀆」[25]；那麼，當女機器人「逐日感到H可有可無，我很清楚這場戀愛彷彿一個人在談似的，不過是我本身的投射罷了」；當「她」幻想自己是L的造物主，意識到「我的快慰已經大半來自於創造」，「我變造了千萬個童年，重寫千萬種智慧，而我自己，在不同的排列組合中，也幻作千萬人的面貌」[26]；最後卻終於明白：「我所驗證的，不過是H的夢想成真；對人類的模擬中，我終於無望地也成為人類的一員」[27]，她的所思所為，便也同樣複製了H的「造人」工程。據此，則「創造」的根源，豈不正是始自於「模擬」？而「背叛」的本身，又何嘗不隱藏著另一形式的「屈從」？就此看來，自上帝以降，男女兩性於創造／被創造的主導權爭奪戰，似乎已陷入一延宕無解的封閉循環之中。而它引發的質疑，往往是：「女人造的男人，會比男人造的女人更理想麼？」[28]

正是如此，「L」，這個被女機器人所「創造」的戀人角色，便成為是否能讓女性掙脫複製男性創造神話困境的關鍵——L會是什麼樣的「人」呢？一定非得是「男」人嗎？倘若「H」可以是「Human」的縮寫，那麼，「L」是否就是「Literature」——一切文學的簡稱？女性能擁有自己的文學麼？箇中曲折，或可由小說結尾處的文字，略窺一二：

「梔子花的芬芳中，我記起葉慈的詩句：MIRE and BLOOD, ALL were complexities……」[29]

「塵泥與血淚，『人』是一個複合物……」，女機器人經由文學而認識人、成為人，及其對文學的癡迷，在這從容就義前的最後自白中，宛然可見。那攀升的欲望，下沉的泥沼；那人生中不可跨越的鴻溝、無能滿足的情愛，以及注定是擦肩而過的緣會，是否也將會因文學而昇華，而超越？葉慈的詩，浸潤了女機器人的生命歷程，然而，那畢竟仍是出自於男性作家之手。如是，則在男性的文學世界之外，女性又將如何書寫自己的「人」生？革命尚未成功，（女）同志仍須努力。女機器人的「L」容或胎死腹中，但「她」的故事完而未完，若干年後，未盡的（文學）志業，卻要由《捕諜人》中的「女作家」繼續實踐。

很顯然地，〈人工智慧紀事〉關乎兩性創造權爭奪戰的科幻想像，在《捕諜人》裡已一一落實為男女作家書寫往來中的頡頏交鋒。而當「造人」的實驗轉化為「造文」的操演後，原先「女人造的男人，會比男人造的女人更理想麼？」的疑問，或許也將改為：「女人所書寫的人生，或歷史，會與男人的不同麼？」從這一角度切入，此一文本遂於後設、書信等顯而易見的形式特色之外[30]，彰顯出性別政治方面的意義。

女性主義學者西蘇（Hélène Cixous）曾指出：「整個寫作史幾乎都同理性歷史混淆不清，它既是其結果，同時又是其支持者和特殊的托詞之一。它是菲勒斯中心主義傳統的歷史：自我愛慕、自我刺激，自鳴得意」。因此，女性

必須寫她自己，因爲這是開創一種新的反叛的寫作，當她的解放之時到來時，這寫作將

使她實現她歷史上必不可少的決裂與變革。[31]

這對《捕諜人》中的「女作家（平路？）」而言，顯然體驗獨深吧？自從她同意與「男作家（張系國？）」採一人輪流寫一章的方式，接力合寫中共間諜金無怠離奇死亡的終始本末後，男作家即派定：「我就從金無怠的角度寫，妳從金妻的角度寫。男自寫男，女自寫女」[32]。但事實上，男女兩作家一路寫來，「陰」錯「陽」差，由平路所主導的女作家，在在顛覆了由男作家所指派的角色定位，最後，不僅剝解了男性歷史書寫的虛妄，更使一直自以為主動選擇題材與操控遊戲規則的男作家，焦慮地懷疑自己活在女作家用文字所創造的世界之中。[33]箇中曲折，一方面見諸二人對真實與虛構、瑣屑與完整的辯難過程；另方面，也呈顯於其對時間／敘述的不同態度。於是，無論是書信、傳真的往來對話，抑是整體的敘述策略，在在充溢著男女作家於性別政治上的針鋒相對。

首先，在真實與虛構的辯難方面，小說一開始，男作家即藉由個人信件表明欲採訪金妻，以追查金無怠死因真相，並「根據金無怠的遭遇寫部小說」。女作家則認為「沒有什麼是真實的，一步步追尋下去，到了遊戲的極致，只是建造一個自己的世界，在裡面欲罷不能」。然而隨著小說寫作的開展，男作家竟完全捨金無怠的遭遇而不顧，只是逕自杜撰了另一個「董世傑」的故事。真正鍥而不捨地查閱資料，拼湊線索，試圖逼近真相的，反倒是那原來沉浸於文學世界，一意想像「死亡幽光裡的複葉玫瑰」的女作家。[34]為此，在第四章裡，女作家即曾對男作家明白表示：

> 你曾經立志追索一個眞實的故事，現在你於虛設的情節中左右逢源。而我，從來對眞實沒有興趣，甚至並不相信有眞實的存在；如今，當我在燈下拼湊可能的線索，許多時候，我都覺得正在一步步接近眞相……而我，自然是彼時唯一捕捉到眞相的那個人！[35]

究竟，造成如此結果的原因何在呢？書信往還獨具的「折疊反轉」現象，及其間自然產生的相互辯證，固是原因之一[36]，但男作家意欲藉虛構的故事以「創造歷史」、建構「愛國者神話」，更是癥結所在。在男性邏輯裡，非但「虛構的故事，自有其真實的存在意義」，努力創造完整的結構，「高大豐滿的英雄形象」，更是其重要目標（「即使卡繆、沙特、葛萊姆葛林，不也依舊寫著形形色色的英雄人物？並沒有人指責他們浪漫啊！」男作家如是說。[37]面對女作家的質難，男作家遂以此理所當然地辯解：

歷史就是偏見……董世傑是我的偏見，我認爲他才是眞正的金無怠，但我並不在乎讀者知道這是我的偏見。我創造了他的歷史。

我並不是不同情金無怠，但我同情的層次不一樣，是屬於你認爲虛幻的層次，你所謂的「愛國者神話」。其實這並不是神話。對你也許是神話，對金無怠和董世傑，卻是再眞實不過的信念。[38]

然而，曾深入追索真相，探訪金妻的女作家卻認為：與其一味誇大虛幻浪漫的歷史想像，毋寧著重小人物——尤其是小人物身邊的女人——瑣屑卻平實生命歷程。在她看來，不論男作家「把各種空戰海戰間諜大戰寫得多麼精采，那畢竟是小説家的魔術，這片刻，我眼前卻是這個女人一步一個腳印走過來的人生」[39]。而英雄嚮往，正是「男性中心」的自戀表現，循此寫就的「歷史」，更是「罪惡的總和」：

你這麼做，不免讓我記起中國傳統書生的虛矯。各種爲天地立心、爲生民立命的想像，對應於眞實的人生，這一類的幻覺不過是投射本身自戀的情懷。

前面的章節裡，你已經多少顯露出這種男性中心的hypocrisy（「僞善」）！……以致小人物一點也不浪漫的生涯，竟然成爲你贗造歷史的腳本。因此，你小說中的故事，就像我們讀過在各種威權下編纂的歷史，比起小人物在冥想中騙騙自己的「陰謀」，這份HIS-story，才是所謂罪惡的總和吧！[40]

那麼，面對此一虛矯而罪惡的男性歷史（觀），女作家該如何應對？除卻書信傳真中可見的脣槍舌劍外，女作家以「殘缺瑣屑」解構「完整自足」，以「周流不息」取代「僵固終結」的敍述策略，其實更值得注意。

仔細檢視，《捕諜人》一開始，由男作家負責撰寫的單數章次，便與女作家撰寫的雙數章次大有差異。在單數章次中，書信傳真的份量，明顯少於「本事」——亦即其孜孜「創造」的董世傑故事。此故事始於第一章董世傑與安伯樂的間諜業務，歷經起伏轉折，至第九章董安二人先後亡故而告終，結構完整自足。相對地，雙數章次則除了二、四兩章尚有標以「紀錄」、「場景」的段落，算是聊備一格地「正式」書寫了原先約定的間諜故事，其餘章次，根本完全由書信和傳真所構成。所謂的間諜小說，便隨著女作家的多方明查暗訪，瑣屑地插敍在各封或抒情、或論辯的書信傳真之中，零散而曖昧。箇中差異，正可由女作家致男作家的最後一封信中見之：

我寧可繼續玩拼圖遊戲，也不企盼由我的目光造就一片新天新地。換句話說，我從來不妄想當創造者，我甚至不認爲小說家是創造者……至於你，始終未脱自己是創造者的影像，也只有自以爲是萬能的造物主，才會有是誰創造了誰或者造物主天外有天的疑慮。我呈現的至多是殘缺不全的問題，你企圖提供的則是圓滿自足的答案……我們的宇宙已經分岔成不同的世界！[41]

印證於二人對小說結局的處理，明顯可見的是：男作家在〈結語〉中依然堅持：

在不同的世界裡，我創造了你，你創造了我。在不同的世界裡，董世傑和金無怠各自以不同的方式辯明他們的存在。但在平行線的窮盡處，所有的世界均將合而爲一。所有的文章渾成一體……「年壽有時而盡，榮樂止乎其身，二者必至之常期，未若文章之無窮。」我親愛的朋友，這將是我們唯一的救贖。

【全文完】[42]

然而女作家隨即在〈尾聲〉——也就是《捕諜人》真正最後的結尾處，嚴正指出：

> 不，SK，最後一頁你又錯了。在你貿然寫下【全文完】的字樣之前，我們始終沒有找出眞正的答案。正好像我倆充滿齟齬與扞格的世界已經乖違開來，生者與死者也不可能擁抱，因爲其中相隔的原是幽冥，那是無明的永夜。……
>
> 「終點又是我的起點。」
>
> 這是艾略特的詩句。漫漫長夜裡，我自己將努力地、不懈地寫下去！
>
> 【待續】[43]

讓穿插於書信傳真中的、零散瑣細的、「女人一步一腳印走過來的人生」，對照「本事」中體系完整的、虛幻浪漫的、蓄意「創造」出來的男性間諜故事，正是以「殘缺瑣屑」解構「完整自足」；在男作家自作主張的「全文完」之後，猶得以「待續」開啟無盡的發展可能，所體現的，亦無非是在時間／敍事策略的運用上，以（女性的）「周流不息」取代（男性的）「僵固終結」。不僅於此，對照小說情節看來，其中所有的男性間諜皆不免一死，反倒是「我們的女主角倒好端端地活了下來」，而且還「打起了精神，替男性中心的社會在一樁一件地料理後事呢」[44]，這，豈不也是以「待續」取代「全文完」的另一形式？

更耐人尋味的是，如果《捕諜人》男女作家接力寫作的分工，確實是依循「男先女後（男主女從？）」，「男單女雙」的原則，那麼，作為全書結尾的第十章，便必然出自女作家之手。如是，則該章題為〈男作家致女作家的信〉及〈男作家的結語〉的部分，實際上就並非真正男作家的表白，反是來自女作家的代言。此一現象，莫不是意味女性在長久「被書寫」之後，終於開發出「書寫」自己，以及男性，的潛力與實力？

從〈人工智慧紀事〉男女兩性為爭奪「創造」權而陷入封閉循環，到《捕諜人》「從來不妄想當創造者」，只是「努力地、不懈地寫下去」；從女機器人「對人類的模擬中，終於無望地也成為人類的一員」，到女作家捨（男性提供的）「圓滿自足」而取（女性呈現的）「殘缺不全」，終至與男性中心的社會分道揚鑣，一路行來，平路所展現的，正是女性思辨創造／書寫問題的曲折歷程。——「怎樣才能從派定的角色中顛覆出來，創造一個勢均力敵的局面？」作為後設小說的作者，平路堪稱已成功地在男性世界之外另闢蹊徑，別顯洞天。但作為一個堅持「待續」精神的女作家，她的企圖心自然不止於此。基於對家國歷史的一貫關懷，如何在現實世界的男性大歷史之外，別顯出女性的歷史觀照，遂成為她「待續」的內容。也因此，我們看到了《行道天涯》和〈百齡箋〉。

三、微觀歷史：從「他」的故事到「她」的故事

以民國史上的傳奇姐妹宋慶齡、宋美齡姐妹為觀點人物，施施然切入官方版歷史論述，《行道天涯》和〈百齡箋〉擺明了正是要凸顯女性的歷史觀照。依違於歷史／小說／虛構之間，該怎樣才能從「他」的故事走向「她」的故事？承續《捕諜人》以「殘缺瑣屑」解構「完整自足」，以「待續」取代「全文完」的敍事策略，平路這回不僅要從「他」所依恃的文字紀錄照片影像下手，實際拆解「各種威權下編纂的歷史」，更要著眼於以女性為主體的欲望論述，讓男性政治神話中種種「高大豐滿的英雄形象」，在女性的情愛欲望與敍述欲望中，銷蝕瓦解。以是，縱使睽隔兩岸，政治立場迥異，宋氏姐妹於書寫「她」的故事時，卻是殊途同歸，並呈現了極其微妙的對話關係。

首先看《行道天涯》。該書宣稱是「孫中山與宋慶齡的革命與愛情故事」，然其整體敍事架構，實以《捕諜人》為藍本而另有開拓。承續《捕諜人》女作家終能以身為男作家代言的書寫策略，平路於是再度仿演了先前男女分章接力的敍述模式：全書六十二節中，五十節以前，皆以單數節次記述中山先生自粵北上——生命中最後的一段死亡之旅，多數文詞密實，段落綿長，順時線性的敍述中頻頻佐以新聞電訊，照片史料；雙數節次則描繪孫夫人宋

慶齡一生的大小事蹟，分段錯落，一任片斷飄忽的回憶躍動流盪，而個人身體情欲的顯隱輾轉，尤為敍述重點。其「秩序」與「無秩序」及「完整自足」與「瑣屑殘缺」間的映照，依稀可見。然而隨著敍事開展，原先的分野已漸次模糊，五十一節以後，單雙數節次的敍述次第更不似先前涇渭分明。孫中山、宋慶齡，還有那夫人收養的情人女兒珍珍，不同的敍事聲音，錯雜於全書結束前的十二小節之中，交響出革命／愛情／死亡的多音複奏。最後，當孫、宋二人終歸老死，年輕的珍珍卻正要披上婚紗，嫁為人婦——「終點又是起點」，這會是另一段愛情／死亡故事的開始麼？

基本上，此一時間／敍述模式，實接近於法國女性主義學者克莉絲蒂娃（**Julia Kristeva**）所說的「象徵態」（陽性、後伊底帕斯期、象徵秩序）與「符號態」（陰性、前伊底帕斯期、混亂無秩序）二者由對立進而交錯互動的歷程，女性敍述的優游自得，已暗蘊其中。[45]然而「歷史」原是一歷時性的論述形式。所涉及者，不僅是浸滲於敍述中的時間觀念，更包括記憶的形塑模式，論述觀點與材料的斟酌取捨。民國初成，國事如麻，各路人馬雜遝，每一事件現象或派系爭鬥，都可能被誇張、扭曲為建構國家歷史論述的「岐始點」（**bifurcation**），也都可能被湮沒於紛云倥傯的各類報導與記憶形式之中。[46]當時資料記錄之各說各話，真相與敍述間之撲朔迷離，實與官方造神版歷史論述的定於一尊，大相逕庭。「女作家」經由對間諜金無怠死因調查過程的一番歷練，自是深諳箇中玄機。於是，雜陳各不同記述版本以拆解大歷史迷思，演示文字／影像／想像間的多重曖昧，以質疑照片史料的寫真存證功能，遂成為《行道天涯》以「殘缺瑣屑」解構「完整自足」的另一實踐形式。

綜觀整部《行道天涯》，其敘事幾乎自始至終皆與昔日報紙新聞史料相片相表裡。弔詭的是，一切原為紀實寫真的憑證，竟也成為瓦解（大）歷史真相的利器。且不說全書正是「從一張甲板上的照片開始上溯」[47]，史料見證與文學想像的辯證，已盡在其中。對孫文的描述，也是藉由當時《文匯報》、天津報紙上的文字發端。[48]頻頻出入於種種中外報刊電訊宣言及不同個人的回憶紀錄之間，女作家要告訴我們的，無非是歷史的隨機偶然、真相的曖昧閃爍——「國父」的尊榮，何曾是理所當然[49]？臨終遺言，究竟是「和平奮鬥救中國」，抑或是「同志們，繼續我的主義，以俄為師」[50]？孫文逝世後的報紙報導，尤其驗證了「歷史正以某種即興的方式在進行」：

當時北方報紙上，除了國民黨的訃告外，有關先生逝世的消息其實不多。主要的理由是先生並不受北方輿論重視，人們把他看成不肯服輸的黃昏老人，最多興起一陣失敗英雄的惆悵。先生斷氣同一日報紙上，除了照例有小兒迷路、小偷被偷、車夫納妾、少婦忤逆、妓館減價、犬竟產豬……的各種軼聞，倒詳細刊登了班禪抵京第一天的大菜單，早茶就有麥皮粥、火腿炸魚、牛肉扒等等。……直到先生逝世第三日，報上總算出現了段執政以中山首創共和、有功民國，決定頒給治喪費六萬元的報導。……至於同一版的報紙有關先生的篇幅中，最大的廣告是「仁丹」總行刊登的悼詞，……那一顆顆小小銀白色口服錠當年能治百病，甚至包括性病。盒子的商標上是先生親書的「博愛」二字，細字則印著「仁丹」是淋病梅毒的斷根新藥。[51]

至於照片，除卻它悼亡召魂的美學意義外[52]，蘇珊．宋妲（Susan Sontag）也曾指出：照片中的現實是被重新界定的——做一種展覽的項目，作為供作審察的紀錄。因此，照片給我們一種欺騙形式的擁有——關於「過去」、「現在」以及「未來」。尤其在中國，「拍照永遠是一種儀式，永遠涉及『姿勢』以及必要的『允許』」[53]。從小說中，我們看到的，正是照片如何召喚著各種不同方式的記憶與想像，以及影像姿勢背後的虛枉：珍珍看著「媽太太」與鄧演達的照片，想像關於她傳聞中的韻事；孫文「不忘在黨證上放置自己的照片——成為鐵證如山」；老去的宋慶齡看著孫文的照片，「覺得恍如隔世——當年她愛這個人嗎？」；當然還有，為了拍宣傳照片，一直認為自己不是一般人的她，卻硬要作為「佯裝的農婦」；甚至葬禮中，要讓「一班不相干的小學生圍著她，行舉手禮。鎂光燈一閃一閃，小學生還要擠出兩行眼淚，跟媽太太道別」[54]。

文字資料既不可憑，影像照片亦不可恃，那麼，「歷史」還能剩下些什麼呢？透過宋慶齡的凝視，「婚禮那晚，換上和式睡衣的孫文頓時比白天矮了半截，突然顯老的多。領口肌膚鬆垮垮的，臉面上，黑疣與肝斑都更清楚了」[55]；鴛鴦枕套上的硬稠顆粒，竟是來自丈夫的鼻孔；死亡前臭臭的口涎，死魚般的眼睛，一碰就要碎成灰屑的男人身體，……在在披露著與常人一無二致的衰朽垂死，病弱凡庸。在宋美齡有意作弄下，盛裝出席開羅會議的蔣介石，也不過是個不通英文的老粗，難掩侷促不安。管他國父還是總統，孫中山還是蔣介石，官方造神版中種種「高大豐滿的英雄形象」，至此一一走下神壇，沒入庸碌眾生。各種威權下編纂的「他」的故事，終告分崩離析；然而與此同時，「她」的故事，則早已一逕伴隨著身體感官的震顫、情愛欲望的流淌、敍述聲音的釋放，翩然登場。

對女性身體情欲的大量鋪敍，是《行道天涯》顯而易見的特色。全書一開始，與孫文死亡之旅相對應的，就是珍珍臆想中「媽太太」泡在澡缸裡的軀體：垂在胸前的奶子，像一對滴溜下來的瓠瓜，即使年紀已經八十歲，她依然有十分女性的身體，肩膀柔軟地下垂，從脖頸到腰間，畫出一個優美的弧形。[56]……爾後，她在浴缸中凝視自己逐漸老去身體的鏡頭，亦隨著飄忽的回憶片斷，不時閃現。[57]一生之中，她年輕時面對的是孫文老病羸弱的身體，中年以後，耽戀的是與小情人S身體的相互碰觸。[58]即或是面臨死亡，憶起的也是「一生中唯一的妊娠，接著就失去了未成形的胎兒，那樣的痛彷彿源自身體裡面最深的一點，然後放射狀地散播開來」，以及，「S的手指觸摸到她身體帶來的快感」[59]。

正是這身體的震顫，感官的悸動，訴說著情愛欲望的流淌，見證著孫文後半生的顛躓流徙、陳炯明的叛變，和那企盼與所愛長相廝守卻不可得，終要屈服於政權體制的艱難心事。「政治是虛擲了精力的迷航」，即或如此，宋慶齡還是得「身」不由己地，「年年被四個大漢抬下樓，一路抬進禮堂，在行禮如儀的紀念會裡唸講稿」[60]。

也就是在這一層面，《行道天涯》和〈百齡箋〉才真正顯現出「姐妹篇」的對話意義，並衍生更進一步的相互辯證：同屬男性民國史上的「未亡人」[61]，同樣輾轉於家國人生公私領域，也同樣柔情似水，滿懷愛欲心事，做姐姐的有口難言，每每絕望地甘於「不可能留下任何文字」，也「從來沒擔心過歷史會怎麼樣寫她」。唯一能做的，只是以身體感官的震顫，幽微地「體」現被長久壓抑的女性情欲，艱難地見證國父的死亡之旅，共產社會的人世浮沉。然而，做妹妹的，卻要讓敍述欲望化作千言萬語，一筆一畫銘記女性為家國時代發言作證的始末，向自由世界不斷昭告那迴盪於宗教愛情政治社會各場域中的女性聲音。百齡華誕前夕，宋美齡猶自幽幽伏案寫信如故，只因為她深信：「信的意義尤其在留下紀錄，證明她曾經說過」；「許多信都是要留作研究民國史的檔案」，「她以為自己在對歷史負責，她可是要對得起歷史」[62]。

是的，為了要對得起「歷史」，宋美齡不停地給不同的對象寫信，不停地到各個地方演說。「不說，但我們偏偏要說」，她在無遠弗屆的信裡做丈夫的代言人，在媒體大眾前替丈夫亟亟辯護。她的勇氣讓丈夫在西安蒙難時想起「女子護衛男子」的經句[63]，甚至於，丈夫病勢垂危之際，為了能夠給全國軍民一張安定民心士氣的「照片」(!)，她奮力搬演出如下情節：

> 她指揮侍衛替丈夫穿上長袍馬褂，再抱到椅子上扶正，但是那隻肌肉萎縮的右手很容易露出破綻，一不小心就從沙發扶手上向下滑。有人七嘴八舌出主意，索性用透明膠帶將手腕固定在扶手上，大概就掉不下來了。
>
> 侍衛拿膠帶來，幾番猶豫不敢下手，倒是她急不過，自己動手紮起來，紮得很緊，深怕瘦得皮包骨的手腕還會滑動。
>
> 老先生翻翻眼皮，她看見泡在淚水中的眼眸，好像苦苦地告饒，那必然是世界上最哀傷

的一對眼睛。那瞬間，對於一個久病臥床的老人，她知道是顧不得那麼多了，她也頗爲詫異，怎麼會這樣地狠心（自己究竟用了多大的力量？），但她某種生命的強度，總讓她在最緊要的時刻冷酷起來。那時候已經機不可失，即使最短暫的一瞥，足以使人們相信他還在那裡，「你說我是王，我爲此而生」，全國人民沒有比現在更需要一張照片，一張照片就能夠支撐人民度過難關……[64]

至此，我們驚異地發現：曾在《行道天涯》中被一再解構的史料與照片，竟然在〈百齡箋〉中借（女）屍而還魂，再度成為建構家國歷史的依據。只是，這樣的「歷史」，真會是「她」的故事麼?汲汲於書寫家國歷史的同時，「她」會不會重蹈了女機器人的覆轍——「從對人類（HIS-story）的模擬中，我終於無望地也成為人類（HIS-story）的一員」？

平路小說的思辨性格，由此可見。而這也促使我們注意同樣貫串於《行道天涯》與〈百齡箋〉中的另一主題：愛情與死亡。《行道天涯》裡的孫文，病危時回憶中閃現的每每是平生辜負的眾女子，終於明白的是「唯一能拯救自己的只有愛情，然而辛酸的是，他卻不曾愛上任何女人」，「覺悟到夫妻間的恩義還是牽扯他的力量，想著年輕的妻子他破天荒感到了不忍以及不捨」[65]；浮沉於情天欲海，宋慶齡從來不信永生，因為她相信「有可能超越死亡的只有愛情」[66]。〈百齡箋〉中，百齡老夫人滿懷死亡將臨的孤寂感，看著枯乾的、寫過千百封書信的手，不禁好笑起來。因為，居然要花一百年的時間，她才終於體悟到：

在這個冰冷的人世間，除了丈夫的恩寵，任何人對她的生活原來毫無裨益！[67]

對基進的女性主義者而言，這樣的結論恐怕是令人大失所望的：怎麼繞了一大圈，又回到老掉牙的愛情與死亡神話裡去了？但對以文學志業，將寫作當作一生要走的路的平路來說，這卻未嘗不是以迴旋迂曲的方式，與先前一再思辨的議題對話，並藉由自己女性、自由聲音的釋放，為「她」的故事尋找另一出路[68]——歷史當然不只是「他」的故事，當歲月流逝，記憶漫漶；當「他」歷經挫敗，走向死亡，唯「她」能以優游旁觀的位置，洞見愛情、生命與死亡的本質。是這樣的觀照，銷蝕了「高大豐滿的英雄形象」，迴避了男女兩性因競相爭鋒而陷於封閉循環；也是這樣的觀照，「她」的故事一樣可以閱讀天下，書寫家國，並終因不忘微觀內省，任情適性，別出於「他」的故事之外。

從對女性與鄉土想像、性別化國家主體糾葛的反思，到男女兩性於創造／書寫議題的論辨，以迄於如何由「他」的故事走向「她」的故事，女性／歷史／書寫議題在平路的經營下，已展現出多方嘗試與深度思辨的可觀成果。她的書寫觀點與策略雖未必人人同意，不過，「終點又是起點」，「待續」猶有無限可能，其創作中所蘊含的活力潛力與熱忱，正是當代台灣女性書寫極為可貴的資產。

（本文作者為台灣大學台灣文學研究所教授兼所長）

＊本文轉載自梅家玲《性別，還是家國？——五〇與八、九〇年代台灣小說論》，（台北：麥田，二〇〇四年九月）

注釋

1. 與「他」的故事相對，所謂「她」的故事，當不限於以女性為主體人物的記述，而是從女性觀點出發的歷史觀照。後文將論及的「殘缺瑣屑」、「周流不息」，以及種種偏重個人身體欲望愛情死亡的論述，皆當涵括於內。
2. 見林慧峰，〈訪平路札記詹宏志的評論〉，收入平路，《五印封緘》（台北：圓神，1988），頁9-16。
3. 這一點，王德威在〈一九八〇年代初期的台灣小說〉中曾約略提及，但未詳論。見《如何現代，怎樣文學？——十九、二十世紀中文小說新論》（台北：麥田，1998），頁411。

4. 〈十二月八日槍響時〉，《玉米田之死》（台北：聯經，1985），頁138。

5. 引文分見《玉米田之死》，頁156、146、153。

6. 「當他在她肥碩胸部頻頻喘氣的時候，她便撫著他那搐動的肩，打氣地說：『再一次吧！再一次就好了！孩子，我的乖孩子！』」見《玉米田之死》，頁141。

7. 《玉米田之死》，頁137。

8. 《玉米田之死》，頁147。

9. 《玉米田之死》，頁159。

10. 分見《玉米田之死》，頁156、161。

11. 〈在巨星的年代裡〉，《禁書啓示錄》（台北：麥田，1997），頁86-87。

12. 《玉米田之死》，頁3-4。

13. 引自《禁書啓示錄》，頁75、81。

14. 本段引文分見《禁書啓示錄》，頁96、92、68、93。

15. 《禁書啓示錄》，頁96-97。

16. 參見蘇珊・格巴（Susan Gubar），〈「空白之頁」與女性創造力問題〉，收入張京媛編，《當代女性主義文學批評》（北京：北京大學，1992），頁161-187。

17. 《當代女性主義文學批評》，頁165。
18. 《捕諜人》（台北：洪範，1992），頁60。
19. 對於「機器人」與欲望論述的相關討論，參見Thomas Foster, "The Sex Appeal of the Inorganic," in Robert Newman ed., *Centuries' Ends, Narrative Means* (California: Stanford University Press, 1996), pp. 276-301。
20. 《禁書啓示錄》，頁196。
21. 《禁書啓示錄》，頁175。
22. 《禁書啓示錄》，頁185。
23. 《禁書啓示錄》，頁191。
24. 同前注。
25. 《禁書啓示錄》，頁198。
26. 《禁書啓示錄》，頁194-195。
27. 《禁書啓示錄》，頁200。
28. 見王德威，〈想像台灣的方法——平路的小說實驗〉，收入平路，《禁書啓示錄》，頁23。
29. 《禁書啓示錄》，頁200。
30. 學者對於該書的討論，多偏重於就其後設手法、書信形式方面著眼。如楊照，〈「後設」的道德教訓——評平路、張系國的《捕諜人》，即專論其後設特色，收入氏著《文學的原像》（台北：聯合文學，1995），頁112-117。胡錦媛，〈多層折疊反轉的書信——《捕諜人》〉，則重在演述其書信契約理論，兼及眞實與虛構、男性與女性、讀者與作者間相互辯證等問題。收入鍾慧玲編，《女性主義與中國文學》（台北：里仁，1997），頁421-437。

31. 參見西蘇，〈美杜莎的笑聲〉，收入《當代女性主義文學批評》，頁188-211。

32. 《捕諜人》，頁6。

33. 第十章〈男作家致女作家的信〉中，曾如此寫道：「如果竟是你先看到那充斥虛空而又空無所有的波，那麼我就是生活在——你所創造的世界裡！這個念頭令我不寒而慄，我突然想起你不經意在電話裡說過的一句話：『是我選擇了你合作，不是你選擇了我合作。』太可怕了！我一直以爲是我選擇小說題材，然後邀請你提供線索，所以遊戲必然會依照我的規則進行。但仔細回想起來，是你邀請我寫小說，我才欣然同意。那麼，有沒有可能是你計誘我進入你創造的世界裡？……這竟會是你的世界嗎？我竟會是另外一位作者所創造的世界裡的人物？我同意合寫這本小說，難道也在你算計之中？」（《捕諜人》，頁204）

34. 分見《捕諜人》，頁1、25、29。

35. 《捕諜人》，頁58-59。

36. 意即「寄信人以反轉的方式自收信人那兒接收自己的訊息」，而訊息經過折疊反轉後，遂以差異的變貌回到原寄件人處。參見胡錦媛，〈多層折疊反轉的書信——《捕諜人》〉。

37.《捕諜人》，頁88、184。

38.分見《捕諜人》，頁136、頁137-138。

39.《捕諜人》，頁74。

40.分見《捕諜人》，頁108、111。

41.《捕諜人》，頁207。

42.《捕諜人》，頁210。

43.《捕諜人》，頁211-212。

44.《捕諜人》，頁108、110。

45.根據克莉絲蒂娃（Julia Kristeva）的說法：前伊底帕斯期的時間是循環往復式的、是不朽的、永恆的，而象徵秩序時間則是歷史時間——直挺挺向一目標而去、線性的、序列式的時間。此一時間同時也是語言時間，它往往止於自身的阻礙——死亡。因此，線性、理性、客觀且具備一般性文法的寫作乃是受到局限、壓抑了的一種寫作方式，而強調節奏、聲音、色彩且准許文詞構成方式及文法「出格」的寫作，則基本上是一種不受局限、壓抑的寫作方式。唯有能體察「符號態（the "semiotic"）」及「象徵態（the "Symbolic"）」間交錯互動關係，掌握「混亂無秩序」及「秩序」間不斷交互擺盪、來往衝激之現象者，才能真正解放並優游自得。參見Julia Kristeva, "Women's

Time," Alice Jardine and Harry Blake, trans., *Signs: Journal of Women in Culture and Society* 7, no. 1 (1981): pp. 13-35; "The Novel as Polylogue," in *Desire in Language*, pp. 159-209，以及Rosemarie Tong原著，刁筱華譯，《女性主義思潮》（台北：時報文化，1996），頁405-412。

46. 有關清末民初國家歷史論述建構中的種種分歧現象，及對其間「分歧的線性歷史」（bifurcating linear history）相關問題的討論，請參見Prasenjit Duara, *Rescuing History from the Nation: Questioning Narratives of Modern China*（Chicago: University of Chicago Press, 1995）。

47. 《行道天涯》（台北：聯合文學，1995），頁33。

48. 「當地《文匯報》的記者寫道：『孫氏近來老境愈增，與民國十年見彼時判若兩人，髮更灰白，容貌亦不若往日煥發。』」（《行道天涯》，頁33）

49. 「外國報紙上叫這些軍閥『Warlords』，割據的藩鎮，與日本歷史上的幕府將軍沒有什麼不同，而他最痛心的就是愈來愈多的人把他看成這些人中的一個！上海《申報》還客氣地稱他們為孫中山夫婦，至於別地方的報紙，稱他爲孫氏、叫他粵孫，『粵孫』最多與東北的『奉張』並列，只是一個地方政府的領袖。」（《行道天涯》，頁41）

50. 《行道天涯》，頁231。

51. 《行道天涯》，頁232。

52. 參見羅蘭・巴特（Roland Barthes）著，許綺玲譯，《明室：攝影札記》（台北：台灣攝影，

1997）；蘇珊．宋妲（Susan Sontag）著，黃翰荻譯，《論攝影》（台北：唐山，1997）。

53. 見蘇珊．宋妲〈影像世界〉，《論攝影》，頁201-232。

54. 本段引文分見《行道天涯》，頁49、121、154、99、57。

55. 《行道天涯》，頁148。

56. 《行道天涯》，頁37。

57. 如：有一次作夢，「她的浴室便浮動著一種不尋常的旖旎：盆裡是溫暖的水，S爲她搓背，她全身放鬆地臥在盆裡」（《行道天涯》，頁126）。王府的夏日炎炎，電風扇運作不過來，她只好又泡進搪瓷的浴缸裡——水紋中，她望望自己恥骨的下方，泛著那種激不起任何欲望的鴿灰，她說不出地嫌惡自己這一具漲大的身體。（《行道天涯》，頁131）

58. 文中與此相關的文字頗多，如：S爲她洗頭髮，她喜歡S彈性的指頭觸摸她的頭皮，S的手，強壯有力，那是一雙年輕男人動作後微微滲出汗味的手。她也喜愛梳頭的感覺，她的頭髮長到腰際，髮絲細而且軟，很容易打結。S拿一把玳瑁殼的篦子，徐徐滑過她鬆散開的頭髮。一早一晚，那是如同儀式一般慎重的事。（《行道天涯》，頁62）她愈來愈貪戀的是S的那雙手，S的順服，S的卑屈，愈來愈黯淡的光線下，她不肯睡下，她不捨地望著她生命中最後的男人。（《行道天涯》，頁90）

59. 《行道天涯》，頁110-111。

60.《行道天涯》，頁131、205。

61.「未亡人」同樣是《捕諜人》中男女作家爭辯交鋒的話題。女作家以爲此一稱謂乃是男性中心的思維表現（死了丈夫的女人，大概只應該氣息奄奄，忍辱偷生偷偷活下去）但「事實上卻正好相反，通常都是女性打起了精神，替男性中心的社會在一樁一件地料理後事呢！」（《捕諜人》，頁110）

62.本段引文分見《百齡箋》（台北：聯合文學，1998），頁200、206、156-157、187。

63.分見《百齡箋》，頁184-185、191。

64.《百齡箋》，頁189-190。

65.《行道天涯》，頁161。

66.《行道天涯》，頁176。

67.《百齡箋》，頁195。

68.平路曾在接受李瑞騰專訪時表示：「在《行道天涯》裡我聽到較多自己女性、自由的聲音，我的下一部小說，是非常自我，有很多女性，也是我自己的聲音」。見〈在時代的脈動裡開創人文的空間——李瑞騰專訪平路〉，《文訊》，1996年8月。

國家圖書館出版品預行編目資料

百齡箋 / 平路著；
-- 二版. -- 臺北市：聯合文學, 2009.07
272面；14.8×21公分. -- (平路作品集2;聯合文叢457)

ISBN 978-957-522-720-3(平裝)

857.63　　96014010

聯合文叢◎平路作品集② 457

百齡箋

作　　者／平　路
發 行 人／張寶琴
總 編 輯／李進文
主　　編／張召儀
資深美編／戴榮芝
校　　對／馬文穎　平　路　陳維信
業務部總經理／李文吉
行銷企畫／許家瑋
發行助理／簡聖峰
財 務 部／趙玉瑩　韋秀英
人事行政組／李懷瑩
版權管理／張召儀
法律顧問／理律法律事務所
陳長文律師、蔣大中律師
出 版 者／聯合文學出版社股份有限公司
地　　址／(110)臺北市基隆路一段178號10樓
電　　話／(02)27666759轉5107
傳　　真／(02)27567914
郵撥帳號／17623526 聯合文學出版社股份有限公司
登 記 證／行政院新聞局局版臺業字第6109號
網　　址／http://unitas.udngroup.com.tw
E-mail:unitas@udngroup.com.tw
印 刷 廠／沐春行銷創意有限公司
總 經 銷／聯合發行股份有限公司
地　　址／(231)新北市新店區寶橋路235巷6弄6號2樓
電　　話／(02)29178022

出版日期／1998年3月　初版
2017年12月20日 二版二刷
定　　價／300元

ISBN 978-957-522-720-3（精裝）